무당패왕 5

2023년 8월 9일 초판 1쇄 인쇄
2023년 8월 14일 초판 1쇄 발행

지은이 윤신현
발행인 강준규

기획 이기헌 왕소현 임동관 박경무 강민구 조익현
책임편집 이정규
마케팅지원 이원선

발행처 (주)로크미디어
출판등록 2003년 3월 24일
주소 서울시 마포구 마포대로 45 일진빌딩 6층
Tel (02)3273-5135 **Fax** (02)3273-5134
홈페이지 rokmedia.com **E-mail** rokmedia@empas.com

윤신현 신무협 장편소설

5

武當霸王

무당패왕

ROK
MEDIA
로크미디어

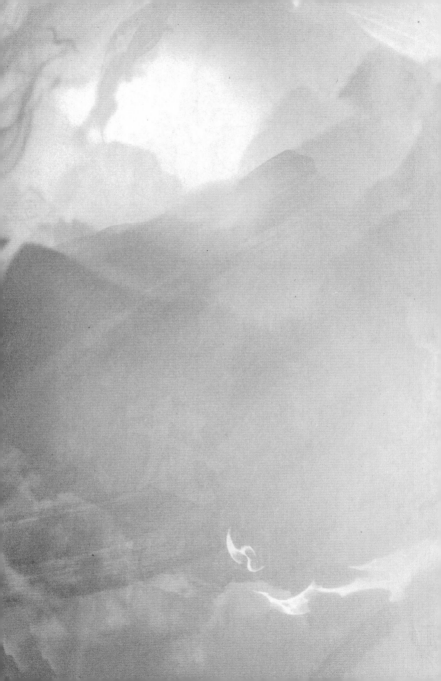

차례

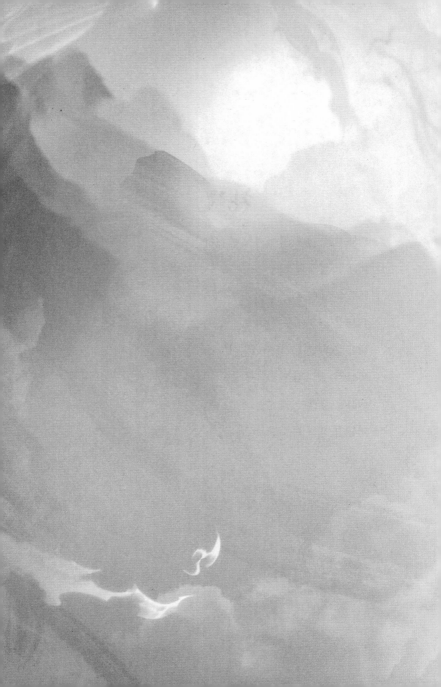

제35장 은원은 끊어지지 않는다

유하성은 말문이 막혔다.

그 정도로 생각지도 못한 말이었다.

"너무 감격하지는 말고. 이 또한 무당파를 위한 것이니까. 네가 강해지면 무당파의 힘 역시 강해지는 것 아니더냐. 이 거 먹고 무당을 잘 지키면 된다."

"순간 감동할 뻔했습니다."

"넌 무조건 나보다는 오래 살아야 해. 그래야 나중에 내가 저승에 가서 명운이에게 할 말이 있지 않겠느냐? 만약 죽어 야 한다면 내가 죽을 테니까 넌 적어도 내 나이만큼은 살고 와라. 명운이 나이도 안 돼. 딱 나 죽을 때 나이만큼만 살다 다오."

농담처럼 말했지만 유하성은 알고 있었다.

지금 하는 말이 진심이라는 걸 말이다.

"알겠습니다. 그리고 감사합니다, 사백."

"흠흠! 명운이 몫까지 너에게 준 거라고 생각하면 된다."

"예."

"바로 먹거라. 내가 호법을 서 줄 터이니."

달칵.

유하성이 굳게 닫아 놓았던 목함을 다시 열었다.

그러자 앞으로도 절대 잊을 수 없을 것 같은 짙은 향기가
다시 한번 순식간에 실내를 가득 채웠다.

하지만 유하성은 좀 전과 같이 향기에 취하지 않았다.

대신 진지한 눈으로 태청단을 잠시 바라보고는 천천히 입
에 가져갔다.

"부탁드리겠습니다."

"걱정 마라. 나 검선이다."

"예."

가슴을 탕탕 치며 말하는 명천의 모습에 유하성이 옅게 웃
었다.

무당파에서 그보다 더 믿을 수 있는 사람은 없었기에 유하
성은 망설이지 않고 곧장 태청단을 입에 넣었다.

주르륵.

태청단은 한 번에 삼키기 힘들 정도의 크기였는데 놀랍게

도 혀에 닿는 순간 물렁해졌다.

침을 단숨에 흡수해 삼키기 편한 형태로 변하는 듯한 느낌이었다.

덕분에 유하성은 어렵지 않게 태청단을 삼킬 수 있었다.

우우우웅!

식도를 타고 내려간 태청단은 곧바로 품고 있던 기운을 토해 냈다.

순식간에 유하성의 몸에서 어마어마한 열기를 내뿜었던 것이다.

그런데 가공할 열기와 달리 기운은 크게 사납지 않았다.

오히려 유하성이 가지고 있는 진기를 거부하지 않고 천천히 하나가 되었다.

'이래서 영단을 만들려고 하는 건가.'

보통의 영초나 영약은 특유의 기운을 가지고 있어 체내에 들어가면 기본적으로 거칠게 반항한다고 했다.

유하성 역시 당연히 그럴 수밖에 없을 거라고 생각했고.

이질적인 기운 두 개가 한 몸 안에 있는데 충돌이 생길 수밖에 없었다.

그 싸움에서 이기면 흡수하는 거고, 패배한다면 날뛰는 진기를 제어하지 못해 폐인이 되는 것이었다.

한데 태청단은 달랐다.

분명 서로 다른 기운인데도 크게 반발하지 않았다.

'이러면 일이 수월해지지.'

제멋대로 날뛰었다면 오랜 시간 힘겨루기를 해야 했을 테지만 다행히 그렇게까지 가지는 않을 듯했다.

그렇기에 유하성은 내심 웃으며 태청단의 기운을 흡수하기 시작했다.

절대 몸 밖으로 나가지 않게 하면서 말이다.

단 한 톨도 허무하게 날릴 수 없기에 유하성은 본래 가지고 있는 진기를 이용해 태청단의 기운을 감쌌다.

'모두 다 말끔히 흡수한다.'

명천이 처음으로 준 선물이었다.

더구나 그가 어떤 마음으로 태청단을 내주었는지 모르지 않기에 유하성은 정신을 바짝 차렸다.

지금까지 수월하게 흡수하고 있다고 해서 마지막까지 안심해서는 안 되었다.

어떤 변수가 발생할지 몰랐기에 유하성은 집중하고 또 집중했다.

"허허허."

그 모습에 명천이 아주 흡족한 미소를 지었다.

표정에서 느껴지는 결연한 각오도 각오지만 체내에서 변화하는 기운을 느낄 수 있었기에 명천은 아주 만족스러운 표정으로 연신 고개를 끄덕였다.

예상했던 대로 태청단을 잘 흡수해서였다.

아니, 오히려 기대 이상이었다.

'저 정도라면 일 갑자 반, 구십 년이 아니라 그 이상을 얻을 수도 있겠어.'

내공운용만큼은 그 못지않게, 어쩌면 그보다 더 뛰어난 게 유하성이었다.

그래서 고민하지 않고 태청단을 내줄 생각을 한 것이기도 했다.

유하성이라면 태청단의 효력을 누구보다 확실하게 소화할 테니까.

'궁금하구나. 날개를 단 네가 어디까지 날아갈 수 있을지.'

명천의 두 눈이 반짝였다.

그는 단순히 명운에 대한 빚 때문에 유하성에게 태청단을 준 게 아니었다.

앞으로 있을 전쟁, 그리고 향후 무당파의 미래를 생각해서 태청단을 준 것이었다.

"오늘은 내가 이긴다!"

"어림없지!"

오늘도 연무장에는 뜨거운 열기가 가득했다.

그리고 곳곳에서 승부욕이 불타올랐다.

팔굽혀펴기와 같은 걸로 내기를 하고 있었던 것이다.

심지어 기마자세로 대결하는 이들도 있었다.

"분위기가 좋네."

"장문사형."

"놀이처럼 하는 분위기라. 이런 분위기는 이대제자들에게서나 볼 수 있는 거라고 생각했는데."

제자인 원일과 함께 연구동을 찾은 무율이 옅은 미소를 지었다.

언뜻 보면 노는 것처럼 보였으나 실상은 달랐다.

각자가 품고 있는 목표를 향해 열심히 노력하고 있음을 알았기에 무율은 미소가 절로 나왔다.

"수련은 진지해야 하지만 그렇다고 너무 경직되어 있는 것도 좋지 않다고 생각해서요."

"맞아. 적당한 긴장은 수련에 도움이 되지만 과하면 부러지는 법이니까. 과정도 중요하지만 결국 무림에서 가장 중요한 건 결과이기도 하고."

"그렇습니다."

"좌수검이라. 처음 보는 무공 같은데 수준이 상당하군."

곽두일의 검무를 보며 무율이 살짝 놀랐다.

예상했던 것보다 수준이 꽤나 높아서였다.

좌수검 자체가 드물기도 하지만 이건 달리 말하면 그만큼 수준 높은 무공이 없다는 뜻이기도 했다.

武當霸王
무당
패왕

왼손잡이가 없지 않음에도 좌수검, 좌수도가 드문 게 바로 이 이유 때문이었다.

"아직 개량하는 중입니다."

"역시 사제로군. 그 짧은 시간에 저 정도 완성도라니."

무율은 진심으로 놀랐다.

무학에 있어 유하성의 재능이 특별하다는 건 잘 알고 있었다.

그렇지 않았다면 태극권에서 면장과 십단금을 뽑아내지는 못했을 테니까.

하지만 태극권은 평생을 익혀 온 무공이고 곽두일이 수련하는 좌수검은 완전히 다른 무공이었다.

"아직 완성된 건 아닙니다."

"얼마나 대단한 무공을 만들려는 건가?"

"무당에 지킨 신의에 보답할 정도는 되어야 한다고 생각합니다."

"허허허."

유하성의 말에 무율이 너털웃음을 흘렸다.

다른 이라면 어림없는 소리라고 말했겠지만 유하성은 달랐다.

한다면 하는 인물이었기에 무율은 고개를 주억거렸다.

"무당파의 무공도 조금씩 개량하고 있습니다. 아직 성과는 없습니다만."

"알고 있네. 응원하고 있기도 하고. 발전이 없다는 건 정체되어 있다는 뜻이니까. 그리고 난 사제가 실패하더라도, 성과가 없더라도 괜찮네. 이미 사제는 무당파에 큰 선물을 해 주지 않았나. 그러니까 너무 부담 갖지 않았으면 하네."

"알겠습니다."

"내가 온 건 다름이 아니라 사제에게 부탁할 것이 있어서네."

"편히 말씀하시죠."

무율이 유하성의 옆에 나란히 섰다.

그러고는 열심히 수련하는 일대제자들을 응시했다.

가장 돋보이는 건 당연 원상과 원호였는데 원경을 비롯해서 다른 일대제자들의 실력도 상당했다.

보고받기로는 딱히 두각을 드러낼 만한 실력이 아니라고 했는데 직접 보니 달랐다.

"나는 내일 아침에 원일과 함께 중원수호맹의 총단으로 출발하네. 대부분의 장로들 역시 마찬가지고. 그리고 며칠 차이가 나긴 하지만 사부님 역시 총단으로 향하실 거네."

"이야기는 대략적으로 들었습니다."

"무당파를 부탁하네, 사제."

명천이 떠나기는 하지만 명자배의 원로들은 그대로 무당산에 남아 있었다.

전쟁이 중요하다고 하나 본산을 비워 둘 수는 없어서였다.

또한 아직 전쟁에 나서기에는 이른 제자들도 있었고.

하지만 그럼에도 무율은 유하성에게 무당산의 수호를 부탁했다.

"당연히 제가 해야 할 일입니다."

"고맙네."

무율이 환하게 웃었다.

그와 명천이 마음 편히 무당산을 떠날 수 있는 건 모두 유하성 덕분이었다.

유하성이라는 존재가 무당파를 든든하게 지켜 줄 것이므로.

"장문사형께서도 조심하십시오. 번천회가 생각보다 준비한 게 많은 것 같습니다."

"걱정해 줘서 고맙네. 그러나 아직은 죽을 생각이 없네. 할 일도 많고 말이지. 그러니 내가 없는 동안 무당파를 잘 부탁하네."

"예."

무율의 뒤에 서 있던 원일도 고개를 꾸벅 숙였다.

무당파의 대제자로서 그 역시 이번에 떠나야 했기에 지금이 마지막 인사였다.

"그럼 가자꾸나."

"예."

원일이 유하성과 인사를 나눈 걸 확인한 무율이 몸을 돌렸다.
내일 아침 일찍 출발이기에 준비할 게 많았다.

쌔애애애액!
한적한 연무장에서 날카로운 파공성이 연신 울려 퍼졌다.
명천의 검이 무시무시한 기세로 허공을 갈랐던 것이다.
분명 펼치고 있는 것은 태극검인데 모두가 알고 있는 태극
검과는 완전히 달랐다.
아무래도 유하성과 마찬가지로 명천이 나름대로 재해석한
태극검 같았다.
스스스슥!
그런데 놀랍게도 전광석화처럼 뿌려지는 명천의 검을 유
하성은 전부 다 피하고 있었다.
빈 공간 자체를 주지 않겠다는 듯이 수백 개의 검영이 솟
구치는데도 말이다.
"좋구나!"
보다 더 빨라지고 현란해진 보신경에 명천이 흥겨운 표정
을 지었다.
단순히 보법을 보는 것만으로도 유하성의 변화를 느낄 수
있어서였다.

물론 유하성의 보신경은 처음부터 훌륭했다.

불필요한 움직임이 전혀 없는, 극단적일 정도로 효율적인 움직임이었으니까.

그러나 지금은 거기에 힘과 여유가 생겼다.

공력이 늘어난 만큼 선택지가 는 것이었다.

츠츠츠츠!

흥이 나서 그런지 검영(劍影)에서 검기(劍氣)가 솟구쳤다.

한층 더 검세가 매서워졌던 것이다.

하지만 그보다 더 중요한 건 간격이었다.

검영이 딱 검의 길이까지만 위력을 발휘했다면 검기는 달랐다.

그륵, 그르륵!

검신에서 피어나 검극에서 솟구친 검기들이 사방을 들쑤셨다.

허공은 물론이고 유하성을 따라다니며 지면도 휩쓸었다.

그런데 명천의 공격은 여기서 끝이 아니었다.

웅웅웅!

검기를 넘어 검강을 일으켰던 것이다.

그것도 무당검선이라 불리는 이의 검강이었다.

'엄청나다.'

명천의 검강은 겉으로 보기에는 딱히 특별해 보이지 않았다.

적어도 겉모습은 지금까지 보아 온 검강들과 비교하면 색깔만 다를 뿐이었다.

하지만 세상의 모든 것은 아는 만큼 보이는 것이었다.

남들에게는 별거 아닌 것처럼 보이는 게 전문가에게는 다르게 보이는 것처럼 유하성의 눈에는 명천의 검강이 무시무시해 보였다.

'웬만한 강기는 닿는 순간 뭉개지겠지.'

철혈의 군주라는 별명처럼 명천의 검강은 무지막지한 힘을 품고 있었다.

수십 년 동안 쌓아 온 무공의 정화가 담겨 있었던 것이다.

거기다 검에서 풍겨 나오는 검압은 오히려 검제라 불리는 남궁수보다 위에 있었다.

'피해 봤자 끝까지 따라온다.'

유하성의 눈빛이 가라앉았다.

그가 명천의 검을 잘 아는 것처럼 명천 역시 그의 무공에 대해서 잘 알았다.

때문에 피하는 건 좋은 선택이 아니었다.

달라지는 것 없이 현상 유지만 될 터였다.

'그렇다면.'

유하성의 두 눈이 번뜩였다.

애초에 피하고 물러나는 건 그의 성미와 맞지 않았다.

더욱이 대련이라고 하나 순순히 패배할 생각은 없었다.

그건 태청단을 준 명천에 대한 예의가 아니기도 했고.

웅웅웅!

마음의 결정을 내리기 무섭게 내기가 반응했다.

단전에 웅크리고 있던 거력이 용틀임을 하며 순식간에 전신으로 퍼져 나갔던 것이다.

동시에 유하성의 전신에 푸른빛 기운이 서렸다.

단순히 몸을 감싸는 호신강기가 아니라 체형과 자세에 맞춘 호신강기가 생성되었다.

"후후!"

여느 호신강기와는 전혀 다른 모습에 명천은 뿌듯한 표정을 지었다.

그러면서 새삼 유하성의 감각에 감탄했다.

돈도 써 본 사람이 쓸 줄 안다는 말처럼 공력 역시 마찬가지였다.

갑자기 공력이 급격하게 늘어나면 고수라도 적응하기가 쉽지 않은데 유하성은 꽤나 능숙하게 다루고 있었다.

꽈아앙! 꽈앙!

그것도 어설픈 느낌 없이 상당히 부드럽게 말이다.

분명 적응기일 텐데도 유하성은 급격히 늘어난 공력을 어렵지 않게 사용하고 있었다.

그렇다고 단순히 진기를 토해 내는 게 아니었다.

여전히 효율적으로 공력을 사용했다.

"아주 좋아!"

호신강기를 일으켜 오히려 자신의 검강에 달려드는 유하성의 모습에 명천이 탄성을 터트렸다.

보통의 무인이었다면 감히 이런 식의 정면 대결은 하지 않았을 터였다.

아니, 아예 엄두도 내지 못했을 게 분명했다.

그러나 유하성은 달랐다.

회피하는 순간 끊임없이 반복된다는 걸 알아차리고는 오히려 달려들었다.

그게 명천은 너무나 만족스러웠다.

"흐읍!"

물론 유하성의 상황은 그리 여유롭지 않았다.

나름 새로이 얻은 공력을 잘 사용하고 있지만 아직은 투박한 감이 없지 않아 있었다.

분명 자신의 기운이지만 예전처럼 수족 같은 느낌은 들지 않았다.

게다가 확인해야 하는 것도 아직 남아 있었다.

"몸은 얼추 풀린 것 같으니 제대로 붙어 보자꾸나!"

"예."

제대로 흥이 돋은 모양인지 명천의 입이 귀에 걸렸다.

제자인 무율도 강하기는 했다.

괜히 장문인 자리를 물려준 게 아니었다.

무당
폐왕

하지만 유하성과는 성향이 완전히 달랐다.

쌔애애액!

그래서 명천은 지금의 대련이 너무나 즐거웠다.

더불어 유하성에게 보여 주고 싶기도 했고.

면장과 십단금 말고도 무당파에는 뛰어난 무공이 많다고 말이다.

'모든 걸 쏟아 내도 괜찮은 상대가 있다는 것만으로도 무인은 빠르게 성장할 수 있지.'

명천의 입가에 맺힌 미소가 짙어졌다.

성장을 위해서는 스스로의 한계를 파악하는 게 무엇보다 중요했다.

자신이 어느 정도인지를 정확히 알아야 가능한 목표를 설정할 수 있었다.

그렇기에 자신의 모든 걸 쏟아 낼 수 있는 상대는 무인에게 있어 너무나 중요하며 소중했다.

꽈과과광!

유하성의 면장과 충돌하자 어마어마한 굉음과 폭음이 연달아 터져 나왔다.

하지만 일부러 외진 연무장을 찾아왔기에 소음에 신경 쓸 필요는 없었다.

물론 엄청난 기운과 기운이 부딪쳐 강렬한 파동이 사방으로 흩어지겠지만 미리 언질을 해 두었기에 걱정할 필요는 없었다.

"갑니다."

"오너라."

끊임없이 이어지는 무지막지한 면장을 정면으로 받아치며 명천이 흥겹게 소리쳤다.

오랜만의 피가 끓는 대련에 아주 즐거운 것이었다.

더구나 십단금은 보기만 했지 직접 받아 보는 건 처음이었다.

물론 단순히 받아 주기만 할 생각은 없었다.

우우우웅.

명천의 기세가 일변했다.

지금껏 그는 무당파의 무공이라고 보기 힘들 정도로 강맹한 검격을 펼쳐 보였었다.

그런데 지금은 반대로 한없이 부드러우며 느려졌다.

동시에 그의 검극이 유려한 태극을 그렸다.

'태극혜검.'

느려졌지만 유하성은 본능적으로 느낄 수 있었다.

한없이 느리기에 반대로 어떻게든 변화할 수 있다는 사실을 말이다.

게다가 명천의 태극혜검은 무율이 펼쳤던 태극혜검과 비슷하면서도 달랐다.

훨씬 더 깊이가 있었다.

무당
패왕

'대련이니까.'

유하성이 땅을 박찼다.

애초에 새로이 얻은 공력에 적응하기 위해 시작한 대련이었다.

그렇기에 유하성은 적극적으로 달려들었다.

웅웅웅!

유하성의 양손에 지극히 패도적인 기운이 서렸다.

바로 십단금의 전조 현상이었다.

태극권에서 나왔다고 보기에는 너무나 사납고 맹렬한 기운과 함께 가공할 기운이 연달아 명천을 후려쳤다.

꽈앙!

지금까지와는 다른 묵직한 굉음과 함께 지면이 갈라졌다.

충돌로 인한 여파를 땅바닥이 견디지 못한 것이었다.

그러나 이건 시작에 불과했다.

꽈아아앙! 쾅!

십단금은 하나의 위력도 굉장했지만 충격이 중첩될수록 더욱 강력해졌다.

그렇기에 부딪칠수록 굉음 역시 더더욱 커져 갔다.

꽈아아아앙!

마지막 열 번째 십단금이 명천이 그리는 태극과 충돌했다.

손바닥도 채 되지 않는 정도의 크기였는데 무지막지한 기운이 서린 십단금을 완벽히 튕겨 냈다.

그리고 그 충격은 고스란히 유하성에게 되돌아왔다.

"큭!"

내부를 진탕시키는 거대한 충격에 유하성이 아랫입술을 깨물었다.

식도를 타고 올라오는 핏물을 그대로 내리누르기 위해서였다.

동시에 유하성은 재차 간격을 좁혔다.

십단금이 밀렸으나 아직 대련은 끝난 것이 아니었기에 유하성은 마지막까지 최선을 다했다.

후우웅!

튕겨 나가는 오른팔을 대신해 좌권이 명천의 턱으로 쇄도했다.

은밀하게 아래에서부터 치고 올라갔던 것이다.

턱.

그러나 회심의 일격은 실패했다.

마치 이렇게 나올 줄 알았다는 듯이 명천의 손이 주먹을 덮었던 것이다.

"오늘은 여기까지."

명천이 싱긋 웃었다.

그런 그의 얼굴은 살짝 상기되어 있었는데 그건 그만큼 명천 역시 지쳤다는 뜻이었다.

"수고하셨습니다."

"역시 무서워, 십단금은. 정석으로 펼치는 게 그 정도 위력이라니."

이겼지만 명천은 놀라움을 감추지 못했다.

유하성이 모든 기운을 쏟아붓기는 했으나 그렇다고 전력을 다한 것은 아니라는 걸 잘 알아서였다.

물론 전력을 다하지 않은 건 그 역시 마찬가지였다.

하지만 중요한 건 그를 상대로 유하성이 결코 밀리지 않았다는 점이었다.

"다 막으셨지 않습니까."

"수련한 시간을 생각해야지. 너랑 나랑 세월이 다른데. 게다가 전력을 다한 것도 아니지 않느냐."

"그건 사백께서도 마찬가지 아니십니까."

"장기전으로 갔으면 또 달랐겠지. 네 체력은 괴물 같은 수준이니까. 그런데 일대일에는 강하지만 협공에는 약할 수밖에 없어. 그런 방식은."

"그래서 체력을 더 늘릴 생각입니다."

명천이 순간 질린 표정을 지었다.

지금도 괴물 같은 체력인데 여기서 더 늘린다고 하니 아연해졌던 것이다.

이럴 때는 또 쓸데없이 우직한 것 같았다.

"더 쉬운 방법도 있을 텐데."

"그것도 하고, 이것도 할 생각입니다."

"어이쿠야."

"해 볼 수 있는 건 다 해 봐야 하지 않겠습니까."

말 그대로 기가 막힌 대답에 명천이 고개를 절레절레 저었다.

그러면서 검을 납검하며 말을 이었다.

"무공을 대성했다고 해서 다가 아니다. 면장과 십단금을 완성한 건 정말 대단한 업적이지만 그게 끝이라고 생각하면 안 된다."

"알겠습니다."

"뭐, 태극권에서 십단금과 면장을 뽑아내 복원했으니 내가 굳이 말하지 않아도 잘 알겠지만."

"아닙니다. 충분히 도움이 되었습니다. 저도 느끼고 있고요. 당장 태극권만 하더라도 대성했다는 생각이 들지 않으니까요."

유하성의 눈이 반짝였다.

표정을 보아하니 또 따로 준비하는 게 있는 모양이었다.

"뭘 또 준비하는데?"

"아직은 시작 단계입니다. 틀이 어느 정도 잡히면 말씀드리겠습니다. 지금은 좀 민망한 수준이라."

"흐음. 그렇게 말하니까 더 궁금한데."

명천이 눈을 빛냈다.

이리 말하니 더 궁금해졌던 것이다.

그러나 유하성은 웃으며 고개를 저었다.

"나중에 성과가 있으면 말씀드리겠습니다."

"고집은. 쯧쯧! 그보다, 앞으로는 더욱더 조심해서 사용해야 할 거다."

명천의 분위기가 달라졌다.

인자했던 모습은 사라지고 근엄한 얼굴로 말을 이었다.

"알고 있습니다."

"그 방식을 사용하지 말라고 해도 사용할 것임을 안다. 가장 좋은 건 사용하지 않는 것이지만 이미 알고 있는데 사용하지 않는 건 불가능하지. 앞으로의 일을 생각하면. 그러니 만약 그걸 써야 한다면 조심해서 사용해야 한다. 너도 알고 있겠지만 예전과는 차원이 다를 거야."

"저도 느끼고 있습니다."

"어련히 잘하겠지만 그래도 하나만 약속해 다오. 절대 선천진기는 사용하지 않겠다고."

흠칫!

유하성이 움찔거렸다.

설마하니 거기까지 알고 있을 줄은 몰라서였다.

"내가 모를 줄 알았더냐? 방법은 달라도 너와 같은 길을 갔던 이들은 많았다. 그리고 결국 마지막은 똑같았지. 물론 그럴 수밖에 없는 상황이었다는 것도 안다. 그러니 부탁하마. 만약 그런 상황이 닥치면 차라리 피해라. 군자의 복수는

십 년이 걸려도 늦지 않는 법이다.”

“알겠습니다.”

“약속한 것이다.”

“……예.”

명천의 눈썹이 꿈틀거렸다.

하지만 이 이상 말하지는 않았다.

적어도 대답은 했으니 마지막에 한 번 더 생각할 것이었다.

“자, 그럼 다시 해 보자꾸나. 아직 시간은 많으니.”

명천이 이번에는 양손을 들어 올렸다.

그는 검객이지만 권장지각에도 일가견이 있었다.

게다가 명천 역시 곧 중원수호맹의 총단으로 떠나야 했다.

천하십대고수가 모이기로 했기에 명천은 그 전에 최대한 유하성에게 자신의 경험을 전수해 줄 생각이었다.

“감사합니다, 사백.”

“흠흠! 감사는 무슨. 그냥 어울리자는 건데.”

진심이 담긴 유하성의 말에 명천은 머쓱한 얼굴로 시선을 피했다.

이런 식의 대화는 여전히 적응이 되지 않아서였다.

그래서 이내 그는 표정을 가다듬고서 다시 대련을 시작했다.

가르쳐 줄 것을 생각하면 밤을 새워도 시간이 모자랐다.

스윽. 슥.

무당산에 돌아왔음에도 제갈세가와 금와장은 여전히 서신을 보내왔다.

강호와 상계의 이런저런 이야기들과 유하성의 안부를 묻는 일종의 편지였다.

특히 금와장은 복주의 일도 보고해야 했기에 황주연은 변동 사항이 없음에도 꼼꼼하게 내용을 첨부했다.

따로 백현승에게 주기 편하도록 말이다.

"금와장과 제갈세가도 눈치를 챈 모양이네."

황주연과 제갈령령이 보낸 서신에는 흑점과 하오문의 움직임이 수상하다는 내용이 담겨 있었다.

시간을 계산해 보니 개방이 알아낸 시기와 얼추 비슷한 것 같았다.

그리고 이 이상의 정보는 없었다.

고급 정보는 역시나 따로 관리하는 모양이었다.

"우리 쪽도 정보 조직이 있으니까."

개방이나 제갈세가에 비하면 많이 부족하긴 하지만 무당파 역시 따로 정보 조직을 운용하고 있었다.

영향력이 호북성에 한정되어서 그렇지.

하지만 달리 말하면 호북성에서만큼은 뛰어난 정보력을

가지고 있다는 얘기이기도 했다.

푸히히힝!

그때 창밖에서 익숙한 투레질 소리가 들려왔다.

새벽에 인사하듯 찾아왔다가 놀러 나간 흑풍이 간식을 먹으러 온 모양이었다.

연구동에 찾아오면 사람들이 텃밭에 있는 채소들을 한두 개씩 주니 자주 얻어먹으러 왔다.

정작 지어 준 마구간은 잘 사용하지도 않았고.

"녀석."

처음에는 도도하게 주는 당근도 먹지 않았던 흑풍이지만 지금은 주면 주는 대로 잘 먹었다.

물론 새로운 사람이 주는 건 절대 먹지 않았다.

적어도 자기의 눈에 익은 이가 주는 것만 받아먹었다.

"어이구, 잘 먹는다."

"그래. 잘 먹고 나 기억해서 새끼 치면 한 마리 줘야 한다?"

"너에게 거는 기대가 크다!"

원상과 원호뿐만 아니라 곽두일이 당근을 내밀며 한마디를 덧붙였다.

그러나 사람들이 뭐라고 하든 말든 흑풍은 무표정한 얼굴로 당근만 천천히 씹어 먹었다.

손길은 전부 다 거절하면서 말이다.

"그새 무리가 늘었네."

당당하게 와서 당근을 얻어먹는 흑풍과 달리 무리를 이루고 있는 다른 야생마들은 멀찍이 떨어져서 지켜만 봤다.

거리가 예전에 비하면 조금 가까워지긴 했으나 여전히 사람들을 피하는 모습이었다.

하지만 그럼에도 시선은 당근에서 떨어지지 않았다.

동물도 맛을 아는 만큼 당근을 탐내는 것이었다.

"한 사십 마리는 되는 것 같은데."

수풀에 가려져 있어 육안으로 정확하게 파악은 안 되었으나 조금씩 움직이는 기척을 보면 얼추 마흔 정도는 되어 보였다.

처음에 열 마리 남짓했던 걸 생각하면 정말 빠르게 늘어나는 중이었다.

괜히 복주에서 대장이 아니었다는 걸 흑풍은 늘어나는 숫자로 증명하고 있었다.

똑똑똑.

"저예요, 형님."

자기도 모르게 활짝 열린 창문 앞에 서서 밖을 지켜보던 유하성이 고개를 돌렸다.

문 너머에서 들리는 목소리에 반응한 것이었다.

"들어와."

"옙. 어? 형님도 보고 계셨네요?"

"그래도 많이 친해졌어. 처음에는 당근을 줘도 안 먹었는데."

"주면 받아먹기는 하지만요. 근데 손길은 절대 허락하지 않아요."

안으로 들어온 백현승이 입술을 삐죽 내밀었다.

유하성의 말마따나 처음에 비하면 괄목할 정도로 관계가 개선되었다.

그러나 만족스러운 정도는 절대 아니었다.

"시간이 지나면 더 나아지겠지. 이제 한 달도 채 안 되었는데."

"그건 맞는데 그래도 너무 느린 것 같아요."

"사람마다 친해지는 속도가 다른데 동물이라고 다를까. 느긋하게 생각해. 느려도 원하는 목적지에 가는 게 중요해. 물론 빨리 가면 더없이 좋겠지만 그게 뜻대로 된다면 모두가 꿈을 이루고 살겠지?"

"형님은 가끔 보면 진짜 도사 같으세요."

"재미없다는 뜻이지?"

유하성이 피식 웃었다.

그러나 옆으로 다가온 백현승은 고개를 저었다.

"아뇨. 진짜 도사요. 호랑말코 도사가 아니라요."

"무슨 말이야, 그게."

"근데 숫자가 꽤 늘었네요. 지금 같은 속도면 백 마리도 금방이겠는데요?"

백현승이 손을 들어 햇빛을 가리며 말들이 모여 있는 곳을 쳐다봤다.

거리가 꽤 멀고 수목들로 인해 가려져 있었지만 숫자가 엄청 많이 늘었다는 것 정도는 확인할 수 있었다.

"주변이 다 산이니까 야생마들도 제법 많겠지. 저게 다일 수도 있고."

"저 정도 숫자는 형님께서도 처음 보는 거죠?"

"응. 거의 평생을 무당산에서 살아왔지만 의외로 야생마와 마주칠 일이 거의 없어서. 보통은 사람 냄새를 맡으면 동물들이 피하니까."

"그렇죠. 흑풍이 좀 특이한 거죠. 대단하기도 하고. 저 대부분이 암말일 텐데……."

백현승이 진심으로 감탄한 표정을 지었다.

사람으로 치면 부인만 수십 명을 거느리고 있는 것이었다.

그렇기에 백현승은 진심으로 존경심이 무럭무럭 솟구쳤다.

"또 이상한 생각 한다."

"사실이잖아요. 사람으로 치면 부인이 몇 명이에요. 거의 금와장주님급인데."

"별걸 다 부러워한다."

"역시 사람이고 동물이고 능력이 가장 중요한 거 같아요."

배가 어느 정도 찼는지 흑풍은 망설임 없이 몸을 돌렸다. 마지막으로 유하성이 서 있는 창가를 올려다본 후 말이다.

그런 흑풍을 향해 유하성은 손을 가볍게 흔들어 주었다.

푸르릉.

거리가 제법 되었음에도 용케 본 모양인지 흑풍이 거칠게 투레질을 하고는 무리가 있는 곳으로 되돌아갔다.

이윽고 먼지구름과 함께 흑풍과 말들이 멀어져 갔다.

"앉아. 안 그래도 너에게 줄 것도 있고."

"금와장에서 서신을 보낸 모양이네요."

"맞아."

"특별한 일은 없지 않아요?"

번천회로 중원 전체가 시끄러웠지만 의외로 복건성은 조용했다.

아무래도 변방이다 보니 관심도가 덜했던 것이다.

대청표국이 무너지고 백현승과 곽두일, 그리고 유하성이 무당산에 왔기에 녹림십팔채가 복수하려 해도 대상이 없었다.

표국계 쪽은 나름대로 합심해서 대처하는 중이었고.

"그래도 정기 보고는 받아야지. 네가 주인인데."

"워낙에 잘해 주셔 가지고 제가 따로 신경 쓸 게 없어서요. 진짜 깔끔하고 꼼꼼하게 알려 주시거든요."

"나도 알지만 사람을 너무 믿는 건 좋지 않아. 특히나 너

武當霸王
무당
패왕

처럼 앞으로 아랫사람들을 다뤄야 할 사람은. 게다가 일을 잘해도 네 사람이 아니라 금와장의 사람이니까."

"그건 알고 있죠."

백현승이 고개를 끄덕였다.

믿고는 있지만 완벽하게 신뢰하지는 않았다.

유하성의 말대로 대청표국의 사람이 아니었기 때문이다.

너무 의심하는 건 정신건강에 좋지 않지만 그래도 적당한 의심은 필요했다.

"힘든 건 없고?"

"너무 좋아요. 오로지 수련에만 집중할 수 있으니까요. 연구동의 어르신들도 많이 가르쳐 주시고요."

"다행이네. 요 근래 내가 신경을 잘 못 써 줘서 미안했었는데."

"에이. 형님도 중요한 시기잖아요. 그리고 저보다는 형님이 먼저죠. 형님이 강해져야 저도 오래 살 수 있지 않겠습니까?"

백현승이 히죽 웃었다.

그 특유의 넉살에 유하성은 피식 웃고 말았다.

"내일부터는 다시 같이 수련할 거다. 오늘까지는 네가 익힌 무공을 손보고."

"얼마나 강해질 수 있을까요? 최절정의 벽을 넘어 초절정까지 갈 수 있을까요?"

백현승이 잔뜩 기대하는 표정을 지었다.

　가문의 역사를 보면 최절정이 한계였었다.

　물론 최절정의 경지만 하더라도 복건성에서는 손꼽히는 수준이었지만 백현승은 그 이상을 노렸다.

　그의 목표는 복건성을 넘어 중원 전체에서 열 손가락 안에 들어가는 것이었다.

　"그건 너 하기 나름이겠지."

　"가능은 하단 말씀이시군요!"

　"절정의 벽도 못 넘을 수도 있고."

　"흐흐흐!"

　혼자만의 상상에 빠진 듯 백현승이 헤벌쭉 웃었다.

　그 모습에 유하성은 고개를 절레절레 저었다.

　제대로 걷지도 못하는 녀석이 하늘을 나는 상상을 하는 것 같아서였다.

　물론 목표를 크게 잡는 건 중요하지만 어디까지나 현실적으로 가능한 수준으로 잡아야 했다.

　"그만 정신 차려라."

　"옙!"

　"말도 안 되는 막연한 상상 하지 말고 당장 할 수 있는 것부터 해. 검기상인도 이루지 못한 녀석이."

　"으윽!"

　뼈를 때리는 한마디에 백현승이 가슴을 부여잡았다.

무당
폐왕
武當霸王

그러나 아파만 하지 않았다.

가슴속으로 다짐했다.

반드시 빠른 시일 내에 검기상인을 이루겠다고 말이다.

"무슨 일로 찾아왔어?"

"어, 음. 너무 갑자기 화제가 전환되는 거 아닌가요?"

"시간은 금이니까. 내가 할 말은 다 했으니 네 할 말을 들어야지."

당황하는 백현승과 달리 유하성은 담담했다.

마치 이제는 적응할 때도 되지 않았냐는 당당한 표정에 백현승은 실소를 흘리며 따라 주는 차를 받았다.

"감사합니다."

"술 받듯이 받지는 말고."

"미리 연습해 둬서 나쁠 건 없죠. 이 소협은 제 나이 때 주도를 알았다고 하셨는걸요?"

"걔야 스승이 취선이시니까."

"아."

왠지 모르게 납득이 되는 이유에 백현승은 자기도 모르게 고개를 주억거렸다.

사부가 취선이라면, 무림인 전부가 인정하는 술꾼이라면 이춘상이 남들보다 일찍 술을 마신 게 이해가 되었다.

물론 그렇다고 취선이 어린 이춘상에게 술을 가르쳤을 것 같지는 않았지만.

"왜 이렇게 뜸을 들여?"

"음. 고민을 좀 오래 했거든요. 근데 아무리 고민해 봐도 결론은 늘 똑같았어요."

스윽.

백현승이 품속에서 작은 목함을 꺼냈다.

그런데 그 모습이 얼마 전의 기억을 떠오르게 만들었다.

"설마 영약이냐?"

"헐! 어떻게 아셨어요? 나름 잘 밀봉해 둬서 절대 냄새가 안 날 텐데. 하수오 자체가 특별한 향이 없기도 하고."

깜짝 놀란 백현승이 목함에 코를 대고 킁킁거렸다.

하지만 어디에서도 냄새는 흘러나오지 않았다.

"왠지 그럴 것 같아서."

"엄청난 건 아니고 이번에 군룡도문에서 얻은 거예요. 이백 년 정도 묵은 하수오라 하더라고요. 천년하수오는 아니지만 그래도 백년하수오보다는 좋은 거죠."

달칵.

백현승이 목함을 열었다.

그러자 하수오 하나가 고운 자태를 드러냈다.

물론 이백 년 묵은 하수오는 처음 봤기에 이게 진짜인지 가짜인지 구분은 가지 않았다.

"난 됐다. 먹어도 네가 먹어야지."

"저보다는 형님께 필요하실 것 같아서요. 제 것은 따로 하나 빼 두었거든요. 흐흐!"

백현승이 가슴을 탕탕 두드렸다.

자기 것은 따로 챙겨 두었다면서 말이다.

"두 개 다 너 먹어."

"정말 괜찮아요. 그리고 생각해 보니 제대로 보답도 못 한 것 같아서요. 다른 건 다 거절하셨잖아요."

"보답받을 일이 아니니까. 어떻게 보면 나 때문에 벌어진 일이기도 하고."

"절대 아니에요! 형님이 오시기 전부터 군호표국의 도발은 선을 넘었는걸요. 오히려 저희가 도움을 받았죠."

백현승이 강하게 부정했다.

다른 이들은 그렇게 생각할지 모르나 그와 곽두일은 달랐다.

둘 다 절대 그렇게 생각하지 않았다.

오히려 한달음에 달려가 도와준 유하성이 너무나 고마웠다.

"그렇게 생각해 주면 고맙고. 근데 정말 괜찮아. 마음만 받을게."

"저보다는 형님께서 드시는 게 더 낫지 않을까요?"

"이미 선물을 받았어. 그러니까 걱정하지 않아도 돼."

"정말요?"

백현승이 미심쩍은 눈빛으로 유하성을 쳐다봤다.

그의 수준으로 유하성의 경지를 가늠하는 건 말이 되지 않았다.

때문에 지금의 말이 진실인지 빈말인지 구분하는 게 불가능했다.

"내가 너에게 거짓말할 이유는 없잖아?"

"그렇긴 한데 또 하려고 하면 충분히 하실 수 있잖아요."

"많이 컸어."

한마디도 지지 않고 맞받아치는 백현승의 모습에 유하성이 피식 웃었다.

변하지 않은 것 같지만 유하성은 알고 있었다.

내적으로 백현승이 정말 많이 강해지고 단단해졌다는 걸말이다.

그리고 일부러 웃으려고 노력한다는 것도.

'그날 이후로 울지도 않고 말이지.'

유하성은 기억하고 있었다.

부친의 위패 앞에서 숨죽여 울던 백현승의 모습을 말이다.

"제가 쑥쑥 크고 있기는 하죠. 형님 키도 금방 따라잡을 겁니다!"

"신체 비율이 좋아서 나쁠 건 없으니까."

"이제 겨울이 지나면 형님도 나이가 서른둘이 되시는데 미리미리 몸에 좋은 거 드셔야죠. 하나보다는 두 개가 낫지 않겠습니까? 일종의 뇌물이라 생각해 주십쇼!"

"그대로 돌려주마. 나보다는 네가 먹어야 해."

"진짜 고집이 쇠심줄이라니까."

백현승이 고개를 돌리고서 작게 투덜거렸다.

일부러 들으라는 듯이 말이다.

"다 들린다."

"전 부자잖아요. 당장 가용할 수 있는 금액은 크지 않지만요."

"나도 없지는 않아. 너보다 적을 뿐이지. 그러니 마음만 받으마. 어느 정도 기반이 잡히면 네가 먹어."

"그럼 좀 더 제가 보관하는 걸로."

백현승도 고집을 꺾지 않았다.

거짓말을 하지 않는 성격이라는 걸 잘 알았지만 그래도 역시나 유하성이 먹는 게 가장 효과적이라고 생각해서였다.

영약 역시 다다익선이었다.

많이 먹어서 나쁠 건 없었다.

"이거 받아 가고."

"네."

"나가서 수련하고 있어. 나는 무공들 좀 손보고 있을 테니까. 곽 표두님의 무공도 거의 막바지라서."

"기대 많이 하고 계세요. 엄청나게 노력하시고요. 형님처럼 하루에 두 시진만 주무시는 것 같아요."

자리에서 일어나며 백현승이 은근슬쩍 말했다.

굳이 이런 걸 말하지 않아도 유하성이 알아서 챙겨 주겠지만 그래도 이왕이면 한마디라도 하는 게 더 나아서였다.

그냥 무인도 아니고 자그마치 면장과 십단금을 복원한 사람이 유하성이었기에 백현승은 잔뜩 기대하는 표정을 지었다.

"그렇게 부담 주지 않아도 알아서 잘 챙길 거니까 너나 열심히 수련해."

"헤헤! 그럼 나가 보겠습니다!"

씩씩하게 인사하며 나가는 백현승의 모습에 유하성이 피식 웃고는 제목이 없는 책을 펼쳤다.

그러고는 진지한 얼굴로 무언가를 적어 내려가기 시작했다.

"드디어 왔군."

해가 중천에 떠 있을 때 무당파의 산문에 도착한 중년인이 묘한 어조로 중얼거렸다.

그런데 오만 가지 감정이 담긴 눈빛으로 산문을 바라보는 건 그뿐만이 아니었다.

뒤따르고 있던 십여 명의 사내들 역시 심상치 않은 표정으로 산문을 주시하고 있었다.

"참 오래 걸렸습니다."

"그러니까. 그동안 저놈들은 두 다리 뻗고 편하게 살아왔겠지."

"하지만 그것도 오늘이 마지막입니다."

"후후후."

혈육은 아니지만 혈육이나 마찬가지인 의동생의 말에 중년인이 의미심장한 웃음을 흘렸다.

그러나 웃음소리와 달리 그의 눈빛은 싸늘했다.

지독한 살기가 감돌았던 것이다.

"저 사람들 뭐야?"

"도사님들께 알려야 하는 거 아냐?"

누가 봐도 좋은 의도로 찾아온 게 아님을 알 수 있었기에 방문객들이 웅성거렸다.

그러나 누구도 선뜻 움직이지는 못했다.

살기를 풀풀 풍기는 모습에 누구 하나 섣불리 움직일 수가 없었던 것이다.

파파팟!

그리고 누군가가 움직이기 전에 사내들이 이동했다.

일제히 산문을 향해 몸을 날렸던 것이다.

"멈추십시오!"

싸늘한 살기를 풀풀 날리며 산문을 향해 달려오는 일단의 무리에 방문객들을 맞이하던 무당파의 제자들이 소리쳤다.

그러면서 언제라도 검을 뽑을 수 있도록 검병에 손을 가져 갔다.

풍기는 분위기가 심상치 않았기에 무당파의 제자들은 마음의 준비를 했다.

한데 정체불명의 무리가 그들보다 훨씬 더 빨랐다.

서걱.

눈 깜짝할 새에 거리를 좁힌 두 명의 흑의무인에게서 은빛 섬광이 번뜩였다.

그리고 섬뜩한 파육음과 함께 무언가가 바닥으로 떨어졌다.

바로 당장이라도 검을 뽑을 것처럼 자세를 취하고 있던 무당파 제자들의 머리였다.

"꺄, 꺄아아악!"

"살인이다!"

죽었다는 것도 인지하지 못한 모양인지 두 눈을 부릅뜬 채로 바닥을 구르는 두 개의 머리에 산문 근처에 있던 방문객들이 비명을 질렀다.

그와 동시에 사방팔방으로 흩어지기 시작했다.

갑작스러운 살인에 다들 도망쳤던 것이다.

하지만 온갖 비명 소리로 시끄러운 상황에도 중년인은 얼굴 가득 미소를 지었다.

"아주 좋아. 아주 감미로워."

중년인이 환하게 웃었다.

사람들의 비명 소리가 그에게는 너무나 아름다운 선율처럼 들려와서였다.

"가시지요."

"그래."

"모두 길을 열어라! 단 한 놈도 살려 두지 마라!"

"예!"

중년인을 보필하듯 서 있던 남자의 말에 흑의무인들이 사방으로 흩어졌다.

그러고는 무당파의 제자들을 마구잡이로 죽이기 시작했다.

뎅뎅뎅뎅!

하지만 얼마 안 가 경종 소리가 울려 퍼졌다.

침입자가 왔음을 알리는 소리였다.

그런데 그 소리를 듣고도 당황하는 이는 아무도 없었다.

오히려 중년인은 기대하는 표정을 지었다.

"이제 떼로 몰려오겠네요."

"그렇겠지. 거기가 자신의 묏자리인 것도 모르고."

"끄아악!"

"저, 적이……!"

나른한 중년인의 목소리와 달리 사방에서는 피가 솟구치고 비명 소리가 가득했다.

갑작스러운 습격에 무당파의 제자들이 모여드는 것이었다.

그런데 아무리 최정예가 중원수호맹의 총단으로 향했다고 하나 너무나 쉽게 죽어 가고 있었다.

심지어 일대제자들조차 말이다.

"갈! 멈춰라!"

그때 대성일갈과 함께 거대한 기파가 솟구쳤다.

무당파의 최정예가 떠났으나 그렇다고 모든 장로들이 무율과 함께 간 건 아니었다.

최소한의 인원은 남겨 두었고, 그중 한 명이 지금 도착한 것이었다.

더불어 그를 중심으로 무당파의 제자들이 모이기 시작했다.

"대부분이 이대제자들이로군. 이거 싱거운데. 정예가 빠져나간 건 알고 있었지만 그래도 이 정도일 줄이야."

아직은 애티가 남아 있는 이대제자들의 모습에 중년인이 짐짓 안쓰럽다는 듯이 중얼거렸다.

하지만 그 말에 몇몇 일대제자들이 눈을 번뜩였다.

그들에게는 비아냥거리는 것으로밖에는 들리지 않아서였다.

"네놈들이 지금 무슨 짓을 저지른 것인지 알고 있느냐!"

"당연히 알고 있지. 무당파에서 칼춤을 추고 있잖아? 벌써

武當霸王
무당
패왕

한 서른 명 죽었나? 근데 다 중원수호맹으로 가서 그런지 잔챙이들만 있네? 소림사와 어깨를 나란히 한다는 무당파의 제자들치고는 너무 기대 이하인데?"

중년인이 대놓고 이죽거렸다.

그러나 반은 진심이기도 했다.

아무리 최정예가 빠졌다고 하나 그래도 생각했던 것보다 너무 약했다.

"감히……!"

"이거 실망이 커. 난 그래도 조금은 어려울 줄 알았는데. 이렇게나 허약할 줄이야."

"네놈들, 살아 돌아갈 생각은 하지 않는 게 좋을 거다."

"지금 그 말은 당신이 아니라 내가 해야 할 말인데 말이지."

"흥!"

남아 있는 장로 중 한 명인 무항이 코웃음과 함께 몸을 날렸다.

금적금왕이라는 말처럼 우두머리부터 잡기 위해서였다.

숫자는 적지만 대신 한 명 한 명이 범상치 않아 보였기에 무항은 중년인부터 잡을 생각이었다.

그래야 나머지도 수월하게 처리할 수 있을 것 같았다.

"미안하지만 당신의 상대는 내가 아니야."

쩌엉!

체면도 잊고 기습처럼 달려들었음에도 무항의 검은 중년인의 수하로 보이는 흑의인에게 막혔다.

그게 무항은 믿기지가 않았다.

무당파 장로인 자신의 검을 알려지지 않은 자가 막았다는 사실이 말이다.

"비켜라!"

힘겹게 막은 것도 아니고 너무나 평온한 얼굴로 막아 냈다는 게 무항의 자존심을 더더욱 긁었다.

그래서 그는 노성과 함께 재차 검을 휘둘렀다.

이번에는 들고 있는 병기와 함께 베어 버릴 생각으로 말이다.

한데 눈앞의 흑의인은 이번에도 무항의 일 검을 받아 냈다.

스극.

그뿐만 아니라 정확하게 빈틈을 노리고서 반격까지 했다.

막는 것과 동시에 반격을 해서 그의 가슴을 베었던 것이다.

"헙!"

절묘하게 파고든 도극이 가슴을 사선으로 베고 지나가는 광경에 무항은 소름이 돋았다.

지금의 상황이 이해가 되지 않았던 것이다.

그러나 흑의인은 무항이 당황하거나 말거나 공격을 이어 갔다.

쌔애액!

당황한 틈을 타 연격을 펼치는 흑의인의 모습에 무항이 이를 악물었다.

그러고는 단전의 진기를 가득 일으켰다.

거치적거리는 눈앞의 흑의인을 힘으로 찍어 누르려는 것이었다.

스슥!

근데 그 순간 흑의인이 뒤로 물러났다.

마치 그의 속마음을 꿰뚫어 보기라도 한 것처럼 절묘한 순간에 몸을 뺐던 것이다.

하지만 그렇다고 해서 공격을 멈출 생각은 없었다.

"먼저 가겠습니다."

"잊지 않겠다."

꿀꺽!

알 수 없는 대화와 함께 흑의인이 품속에서 작은 환약을 꺼내서는 단숨에 삼켰다.

그런데 환약을 먹은 순간 흑의인의 기도가 일변했다.

흑의인의 전신에서 가공할 기운이 폭발적으로 솟구쳤던 것이다.

그와 동시에 흑의인의 도신에서 무시무시한 도강이 솟구쳐서는 무항의 검을 후려쳤다.

꽈아아앙!

무항 역시 본격적으로 진기를 끌어올린 상태였으나 이란 격석이었다.

그 정도로 흑의인의 도에 서려 있는 도강은 강력했다.

무항의 검강을 단숨에 산산조각 낼 정도로 말이다.

"커헉!"

검강이 박살 나는 건 물론이고 애병이 반 토막 났다.

그뿐만 아니라 지독한 내상을 입은 무항이 시커멓게 죽은 피를 게워 내며 바닥에 주저앉았다.

단 일격에 무당파의 장로인 그가 무력화된 것이었다.

그 광경에 지켜보던 무당파의 제자들이 아연실색했다.

"전부 쓸어버려."

"예."

"머, 멈……!"

무심한 대답과 함께 자신을 스쳐 지나가는 흑의인의 모습에 무항이 다급하게 손을 뻗었다.

그러나 마음과 달리 그의 손은 너무나 느렸다.

흑의인의 옷깃에 스치지도 못했던 것이다.

저벅저벅.

풀린 다리를 부여잡고 어떻게든 일어나려는 그에게로 누군가가 다가왔다.

하지만 무항의 신경은 오로지 지나간 흑의인에게 향해 있었다.

그도 막지 못한 무인이 흑의인이었다.

일대제자 몇몇과 이대제자들로는 절대 상대할 수 없었기에 그가 나서야만 했다.

덥석.

그러나 그는 뜻을 이룰 수가 없었다.

어느새 다가온 중년인이 무항의 멱살을 잡았던 것이다.

"예전에는 무당파의 제자가 참으로 대단해 보였는데, 지금은 그냥 똑같은 사람으로 보이는군. 맞으면 피 흘리고 죽는 건 똑같으니까. 안 그래?"

"이, 이놈!"

입가가 피로 가득한 무항이 얼굴을 일그러뜨리며 팔을 거칠게 휘둘렀다.

잡고 있는 멱살을 풀기 위해서였다.

그런데 내상 때문인지 생각처럼 중년인의 팔을 풀어내지 못했다.

꾸욱!

오히려 중년인의 완력에 너무나 무기력하게 끌려갔다.

그것을 무항은 납득할 수가 없었다.

"아주 좋은 눈빛이야. 내가 보고 싶었던 게 바로 그 눈빛이었지. 자그마치 십오 년이 넘게 이 순간만을 기다리며 버텼거든."

퍼퍼퍼펑!

도사답지 않게 살기등등한 표정이던 무항의 눈빛이 순간 흔들렸다.

　등 뒤에서 들려오는 폭발음과 함께 제자들의 비명 소리가 들려서였다.

　"이익!"

　귓속으로 파고드는 사질과 사손 들의 처절한 신음 소리에 무항이 이를 악물었다.

　이미 그도 알고 있었다.

　지독한 내상으로 절대 싸울 수 있는 상태가 아니라는 것을.

　하지만 그는 무당의 장로였다.

　'장문사형께서 나를 믿고 맡기셨다!'

　원로들이 몇 명 남아 있다고 하나 현재 무당파를 대표하는 건 무자배였다.

　그리고 애초에 무항은 다른 이에게 기대는 성격이 아니었다.

　힘든 일이 닥칠 때마다 어른들에게 기대는 건 어린아이들이나 하는 짓이었다.

　더욱이 무율이 떠나면서 무당파를 맡겼기에 그는 목숨을 걸어서라도 사질, 사손 들을 지켜야 했다.

　웅웅웅!

　결연한 그의 의지가 닿아서일까.

武當霸王
무당
패왕

분명 내상으로 인해 전신기맥들이 정상이 아니었음에도 흐릿하게나마 검강이 일어났다.

　무항은 그걸 중년인을 향해 내질렀다.

　"감회가 새롭군. 나도 한때 그런 눈빛을 한 적이 있었지. 네놈처럼 무기력하게 지켜볼 수밖에 없기도 했고. 그런데 이제는 반대 입장이 되니, 너무 좋군."

　까드득!

　비릿한 웃음과 함께 중년인이 무항의 검을 움켜잡았다.

　흐릿하지만 그래도 검강이 서린 검신을 맨손으로 붙잡았던 것이다.

　그러나 놀라운 일은 지금부터였다.

　중년인은 검강이 서린 무항의 검을 완력만으로 동강 냈다.

　"큭!"

　그로 인해 무항이 다시 한번 피를 토했다.

　내상이 더 심해진 것이었다.

　"아아악!"

　"윽!"

　하지만 무항을 더 아프게 하는 건 내상이 아니었다.

　등 뒤에서 들려오는 제자들의 비명 소리에 그는 가슴이 찢어졌다.

　무당파의 제자들이 죽어 가는데 정작 자신은 아무것도 할 수 없다는 게 그를 너무나 힘들게 했다.

"의창의 사호문(四虎門)을 알고 있나?"

"……."

"크하하하!"

중년인이 앙천광소를 터트렸다.

죽일 듯이 노려보는 무항의 눈빛에서 조금의 파문도 일어나지 않아서였다.

전혀 모르는 듯한 기색에 중년인은 어깨까지 들썩이며 웃었다.

그러나 두 눈에서는 무시무시한 살기가 쏟아져 나오고 있었다.

"멈추지 못하겠느냐!"

우르르릉!

그때 천지가 진동하듯 어마어마한 사자후가 울려 퍼졌다.

갑작스러운 침입자에 이제는 원로라 할 수 있는 명덕이나 무항과 마찬가지로 무당산에 남아 있던 장로들이 도착한 것이었다.

하지만 그들의 등장에도 달라지는 건 없었다.

몇몇 흑의인들이 환약을 먹고는 그들을 막아섰던 것이다.

콰콰콰쾅!

무항을 쓰러뜨렸던 이와 마찬가지로 무표정한 얼굴의 흑의인들은 장로들을 압도했다.

엄청난 힘으로 무당파의 장로들을 찍어 눌렀던 것이다.

그나마 명덕이 분전했으나 흑의인들이 셋을 넘어 다섯이 붙자 그조차도 몸에 점점 상처가 늘어났다.

'어디서 이런 자들이!'

무표정한 얼굴과 달리 흑의인들에게서 흘러나오는 살기는 가공할 지경이었다.

마치 철천지원수를 눈앞에 둔 것 같은 서늘한 살기에 온몸의 솜털이 쭈뼛거릴 정도였다.

그러나 명덕을 진짜 놀라게 만든 건 살기가 아니라 실력이었다.

분명 방금 전까지만 해도 그저 그런 수준이었는데 환약을 먹자 기도가 달라졌다.

'분명 좀 전에 먹은 환약이 이유다. 일시적으로 내공을 폭발적으로 증가시켜 주는 건가?'

쌔애애액!

처음의 분노는 감쪽같이 사라졌다.

대신 명덕은 정체불명의 흑의인들에게 집중했다.

그라도 방심하다가는 목이 날아갈 수 있는 상황이었다.

그 정도로 흑의인들의 힘은 강력했다.

"퀵!"

"끄륵!"

그 사실을 증명하듯 명덕과 비슷한 때에 도착했던 장로들의 신음 소리가 곳곳에서 들려왔다.

습격자들의 숫자는 많지 않지만 하나하나가 매우 강했기
에 장로들조차 감당하지 못하고 있었다.

　상대적으로 무당산에 남아 있는 장로들의 실력이 떠난 이
들에 비해 부족하기도 했고 말이다.

　뻐어억!

　"웬 놈들이냐."

제36장 맞춤형 비수

그때 익숙한 목소리와 함께 얼굴이 함몰된 흑의인 하나가 허공을 갈랐다.

명덕이 상대하고 있는 이들과 똑같은 복장을 한 이가 말이다.

'왔구나!'

창졸간에 그 모습을 확인한 명덕의 얼굴이 밝아졌다.

지금 나타난 이가 누구인지 너무나 잘 알아서였다.

"빈집털이에 내공을 증가시키는 환약이라. 이 녀석들 작정하고 찾아왔네?"

유하성보다 아주 조금 늦게 도착한 이춘상이 눈을 부라렸다.

지금의 습격이 치밀한 계획하에 이루어졌음을 보는 순간 알 수 있어서였다.

뒤이어 원상과 원호를 비롯하여 다른 제자들도 도착했다.

그러고는 하나같이 눈이 붉어졌다.

쿠웅!

"컥!"

"네놈이 무당의 신룡이라 불리는 녀석인가 보군. 요즘에는 권패라고 불린다지?"

"십천 중 한 곳인가?"

중년인이 붙잡고 있던 무항을 짐짝처럼 집어 던지며 물었다.

그러나 중년인의 말에 유하성은 대답하지 않았다.

대신 싸늘한 눈빛으로 물었다.

굳이 상대방의 말에 답해 줄 필요가 없어서였다.

"크하하하!"

그 모습에 중년인이 파안대소를 터트렸다.

그와 동시에 장로들을 쓰러뜨렸던 흑의인들이 일제히 유하성에게 달려들었다.

무당파의 장로들을 제압한 것처럼 유하성 역시 쓰러뜨리기 위해서였다.

빠각! 빡!

일대일로 무당파의 장로들을 쓰러뜨렸던 흑의인들이었으

나 유하성에게는 통하지 않았다.

달려드는 족족 얼굴에 일권을 맞고 튕겨져 날아갔다.

하나같이 안면이 함몰된 상태로 말이다.

스윽.

그 광경에 중년인이 흥미롭다는 표정을 지으며 손을 들어 올렸다.

그러자 명덕을 몰아붙이던 다섯 명의 흑의인들이 뒤로 물러났다.

중년인의 수신호에 곧장 반응한 것이었다.

휘리릭!

상대하던 흑의인들이 물러나자 명덕 역시 유하성에게로 이동했다.

유하성의 등장에 잠시 소강상태가 되었던 것이다.

-저 녀석들, 만만치 않다.

유하성의 옆으로 이동한 명덕이 전음을 보냈다.

짧은 시간이었지만 흑의인들의 힘을 느끼기에는 충분했다.

그래서 명덕은 조심하라는 의미로 말했다.

하지만 유하성은 대답 대신 여전히 뜨거운 피를 흘리고 있는 시체들을 바라봤다.

"안 그래도 기다리고 있었지. 네가 언제 나오나 하고."

"정체를 밝힐 생각은 없나 보군."

"사호문이라고 들어 봤나? 의창에 있었는데."

"사호문?"

"역시 모르고 있군. 대충 예상하기는 했지만. 대무당파가 기억하기에는 역시 작은 문파였던 모양이야. 후후!"

자조적인 말투와 달리 중년인의 전신에서는 소름 끼치는 살기가 줄기줄기 흘러나왔다.

유하성의 눈에 살기가 형상화될 것처럼 말이다.

그 정도로 중년인에게서 흘러나오는 살기는 어마어마했다.

"의창의 사호문을 말하는 건가?"

"호오. 역시 개방의 후개야. 사실 그대에게 기대하고 있었다고."

"근데 내가 여기 있는 걸 알면서도 온 걸 보면, 자신이 있나 봐?"

"물론이지. 그 정도 각오도 없이 이런 짓을 벌였겠어?"

중년인이 두 팔을 늘어뜨려 보였다.

대낮에 무당파를 공격하고도 태연하다 못해 여유로운 모습에 이춘상이 입술을 비틀었다.

저쪽이 이쪽을 얼마나 만만하게 보고 있는지 알 수 있어서였다.

"여유를 부릴 때가 아닐 텐데? 시간이 얼마 없지 않나?"

"맞아. 우리 애들이 먹은 환약은 대단하지만, 대개 이런

武當霸王
무당
패왕

약들이 그렇듯 단점 역시 명확하지. 하지만 그쪽이 걱정해 줄 필요는 없다. 이미 충분히 개량된 상태니까."

중년인이 자신만만하게 웃었다.

세월이 흘러 발전한 건 무공만이 아니었다.

시간은 누구에게나 공평하게 흘렀고, 이쪽 분야 역시 충분히 발전했다.

"물어볼 게 많겠어."

"미안하지만 들을 수 없을 거다. 넌 여기서 죽을 테니까."

유하성이 천천히 걸어 나왔다.

애초에 그는 기대도 하지 않았다.

그렇기에 사로잡아서 물어볼 작정이었다.

한데 그 말에 중년인이 비릿하게 웃었다.

"할 수 있으면 해 보든가."

파파파팟!

유하성을 향해 다섯 명의 흑의인들이 몸을 날렸다.

예의 그 환약을 먹으면서 말이다.

그리고 그 말은 유하성을 명덕 못지않은 강자로 이들이 생각한다는 뜻이었다.

"나도 간다!"

뛰쳐나오는 흑의인들의 모습에 이춘상도 몸을 날렸다.

상대가 만만치 않기에 자신도 거들려는 것이었다.

뒤이어 명덕도 재차 몸을 날리자 방금 전에 상대했던 다섯 명이 기다렸다는 듯이 그를 포위했다.

'최대한 오래 붙잡아야 한다. 시간을 끌수록 나에게 유리해.'

명덕의 두 눈이 형형하게 빛났다.

직접 겨루어 봤기에 명덕은 잘 알았다.

눈앞에 있는 흑의인들이 얼마나 위험한 놈들인지 말이다.

괜히 사손들이 죽어 나간 게 아니었다.

쌔애액! 쌔액!

다섯 개의 도강이 순식간에 사방을 포위하며 그에게 쏟아졌다.

초식의 운용은 단순하다 못해 허접하기 그지없었으나 문제는 공력이었다.

넘쳐 나는 공력을 감당하지 못한다는 듯이 폭발적으로 쏟아 냈는데 그게 명덕에게도 상당히 부담이 되었다.

한 명 한 명은 어렵지 않은데 다섯 명이었기에 명덕도 그만큼의 공력을 사용해야 했다.

까가가강!

핏빛처럼 시뻘건 도강들을 명덕은 연달아 쳐 냈다.

그러면서 어떻게든 자신에게 집중시켰다.

단 한 명도 빠져나가지 못하도록 물고 늘어졌던 것이다.

선천진기를 끌어내는 방식은 짧은 시간 엄청난 힘을 사용할 수 있게 해 주었지만 그 후에 남은 건 죽음뿐인 만큼 시간을 끌면 끌수록 그에게 유리했다.

스으윽!

물론 다섯 명을 동시에 상대하는 게 쉽지는 않았지만 말이다.

지금만 하더라도 도강 하나가 목을 스치고 지나가자 긴 자상과 함께 피가 솟구쳤다.

"큭!"

죽음을 각오하고 있어서인지 흑의인들은 두려움이나 망설임이 없었다.

어차피 선천진기를 다 사용하면 죽을 수밖에 없기에 흑의인들은 팔다리가 잘려도 상관없다는 듯이 저돌적으로 달려들었다.

마치 동귀어진하자는 듯이 말이다.

그 결과 명덕의 몸에는 점차 상처가 늘어나고 있었다.

꽈아앙!

물론 명덕도 가만히 당하고만 있지는 않았다.

흑의인들에게 압도적인 공력이 있다면 명덕에게는 평생 동안 쌓아 온 무공과 경험이 있었다.

공력도 개개인과 비교해서는 뒤떨어지지 않았고.

그렇기에 명덕은 절대 무리하지 않는 선에서 다섯 명을 효율적으로 상대했다.

"흐읍!"

"칫!"

노검객의 기교가 얼마나 대단한 수준인지 보여 주는 듯 명덕은 완벽한 완급조절로 다섯 명을 공격했다.

노쇠한 육신으로 인해 체력이 급격하게 떨어지고 있었으나 급한 건 그보다 흑의인들이었다.

'됐다.'

나름 합격진을 수련한 것 같기는 하나 그 수준이 높지는 않았다.

애초에 무위가 그리 뛰어나지도 않았고 말이다.

'문제는 저 두 명인데.'

어느 정도 여유가 생기자 명덕의 시선이 중년인에게로 향했다.

대부분의 수하들은 그와 유하성, 이춘상이 상대하고 있었으나 아직 중년인과 심복으로 보이는 이가 하나 남아 있었다.

그리고 저 둘의 힘은 지금 싸우고 있는 흑의인들보다 강할게 분명했다.

때문에 명덕은 계속 신경을 썼다.

깡! 까앙! 까가가강!

그런데 그때 기이한 위화감이 명덕을 엄습했다.

묘하게 충돌음이 거슬렸던 것이다.

검강과 도강이 난무하는 만큼 부딪치는 건 당연했다.

한데 묘한 위화감이 그의 신경을 건드렸다.

파아앗!

그 순간 시뻘건 도강이 그의 어깨를 베고 지나갔다.

동시에 네 줄기의 도강 역시 그의 팔다리를 얕게나마 베었다.

"흡!"

깊지는 않았으나 중요한 건 그가 일방적으로 상처를 입었다는 것이었다.

만약 도강 하나가 그의 검을 막아 내는 사이 다른 네 자루의 도가 그를 베었다면 이상할 게 없었다.

지금까지 그렇게 싸워 왔고, 한 자루의 검이 막을 수 있는 건 한계가 있었으니까.

근데 지금은 달랐다.

츠츠츠츠!

이번에 생긴 상처에서 피가 솟구쳤으나 명덕은 지혈하지 않았다.

대신 평생을 고련한 현허칠성검법을 극성으로 펼쳤다.

시간을 끄는 게 목적이었으나 그렇다고 순순히 당하고만 있을 생각은 없었다.

게다가 남아 있는 가장 강한 두 명도 감안해야 했다.

"후후."

한데 그때 기묘한 웃음소리가 들려왔다.

동시에 다섯 개의 도강이 그의 검세를 가르며 파고들었다.

절묘하게 검초의 빈틈으로 쇄도했던 것이다.

"헛!"

정말 상상조차 못 한 광경에 명덕이 대경실색했다.

지금껏 수십 년 동안 현허칠성검법을 수련했지만 이런 경우는 처음이었다.

검초에 이런 빈틈이 있었다는 것도 처음 알았고 말이다.

그렇기에 명덕은 기겁하며 뒤로 물러났다.

"어딜!"

하지만 흑의인들은 그런 명덕을 순순히 보내 주지 않았다.

지금의 기세를 놓치지 않겠다는 듯이 끈질기게 달려들었다.

어차피 시간이 지나면 그들은 죽을 수밖에 없었다.

때문에 흑의인들은 최대한 많은 무당파의 제자들을 저승길의 길동무로 삼을 생각이었다.

"재미있는 걸 준비했네?"

꽈아앙!

흑의인들의 도강이 명덕에게 닿기 직전 거대한 폭발과 함께 무언가가 날아왔다.

유하성의 차가운 목소리와 함께 거뭇한 무언가가 흑의인들을 향해 날아왔던 것이다.

"큭!"

武當霸王
무당
패왕

"젠장!"

그러나 흑의인들은 날아오는 무언가를 향해 도를 휘두를 수가 없었다.

피투성이가 된 동료들에게 칼을 휘두를 정도로 그들은 매정하지 못했다.

"하성아!"

내상을 입은 모양인지 입가에 피를 흘리며 동료들에게 안긴 흑의인의 모습에 명덕이 안도하며 뒤로 물러났다.

일부러 유하성이 이쪽으로 흑의인을 날려 보낸 걸 그는 알아차렸던 것이다.

"어떻게 한 거지?"

명덕의 부름에도 유하성은 대답하지 않았다.

대신 형형한 안광으로 중년인을 노려봤다.

"다섯 명이면 충분할 줄 알았는데. 게다가 후개도 저 정도라니."

살벌한 유하성의 안광에도 중년인의 얼굴에서는 여유가 사라지지 않았다.

유하성에게 보낸 다섯 명이 전투불능이 되었음에도 불구하고 말이다.

대신 그는 진심으로 놀랐다.

말한 대로 중년인은 유하성을 잡는 데 다섯 명이면 충분하다고 생각했었다.

"나에게는 고작 세 명이라니!"

한편 세 명의 흑의인을 상대하고 있는 이춘상은 지금의 상황이 심히 마음에 들지 않았다.

친구인 유하성에게는 흑의인을 다섯이나 붙였는데 그에게는 고작 셋밖에 보내지 않아서였다.

그래서 이춘상은 노성을 터트리며 강룡십팔장을 펼쳤다.

쩌저정! 쩌엉!

하지만 전력을 다해 펼친 강룡십팔장으로도 셋을 동시에 밀어 내는 게 고작이었다.

그 모습에 이춘상이 이를 악물었다.

유하성이 자기보다 강한 건 인정하지만 이렇게나 차이 난다는 건 인정할 수 없었다.

"어떻게 파훼법을 알고 있는 거지?"

유하성의 차가운 시선이 중년인에게 닿았다.

긴가민가했던 명덕과 달리 유하성은 보는 순간 알았다.

누구보다 무당파의 무공에 해박하기에 흑의인들이 펼친 걸 단박에 알아차렸던 것이다.

"그야 연구했으니까. 수십, 수백 년 동안 말이지. 오직 무당파의 무공에만 매달려서. 게다가 모두가 사문에 충성심을 가지고 있는 건 아니니까."

"……무공을 유출한 자가 있군."

"그럴 수도 있고, 아닐 수도 있지. 나도 거기까지는 잘 몰

라. 나 역시 받은 것뿐이니까. 어떻게 보면 서로 이용하는 사이라고 할 수도 있겠지. 다만 중요한 건 이와 같은 상황이 무당파만 그런 건 아니라는 점이지."

중년인이 키득거렸다.

하지만 유하성이나 듣고 있던 명덕과 살아 있는 장로들은 웃을 수가 없었다.

지금 말한 의미가 어떤 것인지 모를 수가 없어서였다.

동시에 번천회가 하루아침에 발족한 게 아님을 알 수 있었다.

"확실히 위협적이긴 해. 근데 완벽하진 않아."

"먼저 가겠습니다!"

유하성이 땅을 박찼다.

그러자 피를 토했던 다섯 명 중 하나가 알 수 없는 말을 하며 몸을 날렸다.

동료들과 함께 싸우고도 어쩌지 못한 유하성을 혼자 상대할 것처럼 달려들었던 것이다.

그 모습에 유하성의 눈동자에 의아함이 떠오른 순간 날아오는 흑의인의 기운이 불안정하게 흔들렸다.

"그래서 다른 것도 준비했지."

꽈아아앙!

중년인의 이죽거림과 함께 유하성에게 달려들던 흑의인의 몸이 폭발했다.

그러자 수십, 수백 개의 육편이 가공할 기운을 머금고 암기가 되어 유하성에게 쏟아졌다.

남아 있는 선천지기를 일시에 폭발시켜 공격하는 동귀어진의 수였다.

"하성아!"

수백 개의 핏덩이들이 유하성을 덮쳐 가는 모습에 명덕이 버럭 소리를 질렀다.

그러나 대경하는 그와 달리 유하성은 차분했다.

흑의인의 기운이 불안정하게 출렁거릴 때부터 어느 정도는 짐작하고 있어서였다.

웅웅웅!

그렇기에 유하성은 호신강기를 일으켜 육편을 막았다.

분명 이런 식의 공격은 매우 위협적이긴 했으나 개개인의 역량이 중요했다.

펼치는 이의 공력에 따라 위력이 달라졌던 것이다.

더욱이 이미 상당한 선천진기를 소모한 상태였기에 호신강기로 충분히 막을 수 있었다.

'오히려 춘상이가 문제지.'

강기를 발현시킬 수 있다고 해서 모든 절정고수가 호신강기를 펼칠 수 있는 건 아니었다.

공력의 수준에 따라 몸 전체에 일으키거나 일부분만 막을 수 있었다.

그리고 이춘상은 후자였다.

강기를 자유자재로 사용할 수는 있지만 몸 전체에 호신강기를 펼칠 수는 없었다.

꽈아아앙!

그런데 그때 옆쪽에서 폭발이 일어났다.

우려했던 대로 이춘상을 공격하던 세 명 중 한 명이 몸을 터트린 것이었다.

"계속 가."

하지만 유하성은 이춘상을 쳐다볼 겨를이 없었다.

중년인의 말과 함께 흑의인들이 연달아 몸을 날려서였다.

그것도 영악하게 시간차를 두고 몸을 터트렸다.

꽈아앙! 꽈광!

애초에 죽음이 정해져 있어서일까.

유하성에게 달려드는 흑의인들의 표정에는 일말의 망설임이 없었다.

마치 처음부터 이럴 계획이었다는 듯이 흑의인은 하나같이 무표정한 얼굴로 동귀어진을 펼쳤다.

"사, 사숙!"

순식간에 폭발에 휩싸이는 유하성의 모습에 원상이 몸을 들썩거렸다.

그러나 유하성에게 다가가지는 못했다.

옆에 있던 원호가 그의 몸을 붙잡아서였다.

"옆을 봐. 사숙조께서도 가만히 계신다."

금방이라도 달려가고 싶은 건 원호도 마찬가지였다.

하지만 원호는 참았다.

괜히 끼어들었다가 유하성을 방해할 수도 있어서였다.

그리고 명덕이 움직이지 않는 데에는 이유가 있다고 생각했다.

"어후. 이번에는 진짜 죽을 뻔했어."

투둑. 투두둑.

폭발로 인해 일어난 짙은 먼지구름 사이로 익숙한 음성이 들려왔다.

바로 이춘상의 목소리였다.

끔찍한 공격을 당했음에도 여전히 여유 있는 이춘상의 음성에 원상과 원호의 표정이 밝아졌다.

그러나 평소와 똑같은 목소리와 달리 이춘상의 상태는 괜찮지 않았다.

"놀랍군. 당연히 죽었을 거라 생각했는데."

먼지구름을 가르며 나오는 이춘상의 모습에 중년인이 정말 의외라는 표정을 지었다.

개방 후개가 제법 대단하다는 말은 그도 익히 들었었다.

하지만 이 정도일 거라고는 전혀 생각지 못했기에 놀람도 컸다.

"흥! 내가 겨우 이렇게 죽으려고 그렇게 죽을 둥 살 둥 수련했는 줄 알아?"

"이 정도에 죽으면 섭섭하지."

"호오."

곳곳에 상처를 입긴 했지만 입만은 여전히 살아 있는 이춘상에 이어 유하성도 먼지구름을 가르며 나타났다.

그런데 놀랍게도 유하성의 몸에는 상처가 전혀 없었다.

심지어 의복 역시 멀쩡했다.

"역시 내 친구라니까."

"물러나 있어."

아무렇지 않은 목소리와 달리 이춘상의 몸 상태는 썩 좋지 않았다.

몰랐다면 당했겠지만 이미 유하성을 공격한 걸 봤기에 이춘상도 대비는 하고 있었다.

그렇기에 어찌어찌 버텨 내기는 했지만 더 싸울 수 있는 상태는 아니었다.

-괜찮겠어?

-너보다는 멀쩡해.

-역시 영약의 힘인가. 나도 사부님께 하나 구해 달라고 해야겠다.

전음으로 이춘상이 투덜거렸다.

새삼 영약의 힘을 느낄 수 있어서였다.

동시에 되는 놈은 무얼 해도 된다는 걸 느꼈다.

시기가 참으로 절묘하다는 생각이 들어서였다.

"신기하군. 우리가 파악한 바에 의하면 공력이 그리 많지 않은 걸로 알고 있는데."

"파악한다고 해서 모든 걸 알아낼 수 있는 건 아니니까. 하오문이라고 해도 말이지."

"알려진 것과는 다르게 음흉하군. 이렇게 떠볼 줄이야."

중년인이 씨익 웃었다.

시도는 좋았으나 쉽게 넘어가 주지는 않겠다는 표정이었다.

"그보다 여유를 부릴 때가 아닐 텐데?"

유하성의 시선이 중년인을 지나 모여 있는 흑의인들에게로 향했다.

처음과 달리 현재 중년인의 곁에는 고작 여섯 명만이 남아 있었다.

그중 다섯은 이미 환약을 먹은 상태였고 말이다.

"상황이 안 좋은 건 그쪽이지. 후개는 더 이상 싸울 수 없는 상태, 다른 이들 역시 크게 위협이 되지는 않지."

중년인이 의미심장하게 웃었다.

마치 이쪽의 상황을 빠삭하게 안다는 듯이 말이다.

그러면서 중년인은 품속에서 무언가를 꺼내 보였다.

"……허참. 요즘은 개나 소나 다 화탄을 가지고 다니는 모양이네."

"이거 하나면 어떻게 되는지 알지? 더욱이 이곳에서는."

이춘상이 질린 표정을 지었다.

설마하니 중년인도 가지고 있을 줄은 몰라서였다.

"인간 화탄에 벽력문의 화탄이라."

"반면에 그쪽은 믿을 게 너밖에 없지."

중년인이 비릿하게 웃으며 손을 흔들었다.

그러자 기다렸다는 듯이 다섯 명이 움직였다.

한 명씩은 별다른 타격을 주지 못한다는 걸 알았기에 이번에는 한 번에 달려드는 것이었다.

그런데 짓쳐 드는 다섯 명을 향해 유하성도 몸을 날렸다.

'오히려 잘됐어.'

선천진기를 끌어내는 환약의 효능이 개량되었다고 하나 시간을 끌면 결국 유리한 쪽은 유하성이었다.

그러나 유하성은 시간을 끌기보다는 정면 대결을 택했다.

괜히 시간을 끌다가 갑자기 한 명이 무당파의 제자들에게로 방향을 틀 수도 있었다.

명덕 말고도 무자배의 장로들이 몇 명 남아 있기는 했지만 그들의 힘으로 완벽하게 막아 낸다고는 장담할 수 없었기에 유하성은 차라리 자신이 상대하는 쪽을 택했다.

'방법이 아예 없는 것도 아니고.'

살아 있는 화탄이나 마찬가지인 흑의인들이었으나 다들 한 가지 간과한 사실이 있었다.

터질 때를 정할 수 있는 건 흑의인들만이 아니었다.

"이런! 지금 펼쳐라!"

그걸 중년인이 가장 먼저 파악했다.

갑작스러운 유하성의 돌진에 잠시 당황했으나 이내 그의 속내를 알아차린 것이었다.

하지만 그보다 유하성의 손이 먼저 움직였다.

뻐억! 뻑!

전광석화처럼 간격을 좁힌 유하성의 쌍권이 흑의인 두 명의 안면에 작렬했다.

접근과 동시에 두개골을 박살 냈던 것이다.

그러고는 충격으로 인해 튕겨져 날아가는 두 개의 시체에는 신경도 쓰지 않고 남은 세 명을 노렸다.

꾸아아앙!

하지만 흑의인 세 명은 이미 선천진기를 일으킨 상태였다.

중년인의 지시가 귓전으로 파고든 것과 동시에, 정확하게는 동료 두 명이 시체로 화한 순간 선천진기를 폭발시켰다.

쿵!

순식간에 부풀어 올라서 터지는 셋의 모습에 유하성이 진각을 밟았다.

호신강기로도 막아 낼 수는 있으나 남아 있는 둘과 화탄을 생각하면 내공 소모를 최소화하는 게 맞았다.

게다가 적이 저들만 있다고 장담할 수 없는 상황이었다.

쿠르르릉!

유하성의 진각에 흙이 솟구쳤다.

그를 포위하듯 사위에서 흙덩이들이 솟아나 벽을 만들었다.

동시에 선천진기를 머금은 육편과 골편(骨片)들이 흙벽을 사정없이 두들겼다.

어떻게든 뚫고서 유하성에게 날아가겠다는 듯이 말이다.

휘이익!

그러나 유하성은 그 자리에 없었다.

흙벽이 만들어 준 아주 찰나의 시간을 이용해 폭발에서 쏙 빠져나온 것이었다.

"하압!"

그 모습에 지금껏 중년인의 곁을 지키던 장한이 몸을 날렸다.

유하성이 폭발의 범위에서 빠져나온 것을 보자마자 달려들었던 것이다.

그러고는 유엽도를 뽑아서는 그대로 유하성을 향해 휘둘렀다.

쌔애애액!

피를 머금은 것처럼 시뻘건 도강이 엿가락처럼 늘어나며 유하성의 목을 노렸다.

허공에 떠 있는 순간을 노린 참격이었다.

후웅!

그런데 기습과도 같은 공격이었음에도 유하성은 당황하지 않았다.

오히려 허공에서 몸을 비틀어 종이 한 장 차이로 장한의 일격을 피해 내고는 그대로 천근추를 펼쳤다.

터어엉!

"큭!"

떨어지는 궤적을 비틀어 오히려 천근추로 공격을 펼치는 유하성의 반격에 장한이 신음을 흘렸다.

왼팔로 막았음에도 불구하고 충격이 상당해서였다.

그러나 이건 시작에 불과했다.

꽈앙!

다리는 두 개였고, 아직 하나가 남아 있었다.

거기에 유하성은 족강(足罡)을 일으켜 그대로 장한의 정수리를 노렸다.

한데 장한도 만만치 않았다.

그 짧은 사이에 도를 회수해서 도신으로 유하성의 족강을 막았다.

'반드시, 반드시 죽여야 한다!'

유하성에게 희생된 형제들만 무려 열 명이었다.

그런데도 족강을 펼칠 만한 내공이 있다는 사실에 장한은 이를 악물었다.

자칫 잘못하면 유하성 한 명 때문에 십오 년 넘게 준비한 계획이 수포가 될 수 있었다.

그것만큼은 어떻게든 막아야 했다.

'이 자식만 죽이면 된다! 그럼 나머지는 크게 문제 되지 않아!'

장한이 폭발적으로 늘어나는 진기를 전신으로 내뿜었다.

어차피 공력은 넘쳐 났다.

그렇기에 장한은 아끼지 않고 내력을 사용해서 유하성을 밀어붙였다.

콰콰콰쾅!

도강은 물론이고 수강, 지강이 말 그대로 폭우처럼 쏟아졌다.

사지육신을 전부 이용해서 유하성을 공격했던 것이다.

하지만 그럼에도 치명타는 단 하나도 없었다.

다른 흑의인들보다는 강했지만 그렇다고 엄청나게 차이가 나는 건 아니었다.

쩌엉! 쩌어엉!

그렇기에 유하성은 꼭 막아야 하는 것만 막고 나머지는 최대한 흘려 냈다.

굳이 상대방이 원하는 방식으로 싸워 줄 필요는 없어서였다.

아직 중년인이 남아 있기도 했고 말이다.

"나와 같이 가자!"

겨드랑이로 파고드는 일격을 유하성은 손등으로 흘려 냈다.

타점을 흔들어 궤적을 비틀어 버리는 것이었다.

그러면서 중년인의 위치를 파악하기 위해 힐끔거리는데 장한이 그 틈을 놓치지 않았다.

바깥쪽으로 밀려 나는 도를 그대로 놓아 버리고는 유하성을 껴안을 것처럼 두 팔을 활짝 벌렸다.

꽈아아앙!

그와 동시에 장한의 육신이 폭발했다.

아예 빠져나갈 거리를 주지 않겠다는 듯이 지척에서 선천진기를 터트린 것이었다.

게다가 아직 그의 선천진기는 꽤 많이 남아 있었기에 폭발의 위력도 강력했다.

"하성아!"

"사숙!"

지금까지의 폭발과는 격이 다른 위력에 뒤에서 숨을 고르고 있던 이춘상과 원호가 깜짝 놀라며 소리쳤다.

그리고 그 순간 지금껏 꼼짝도 하지 않고 지켜보기만 했던 중년인이 움직였다.

의동생이 죽은 것과 동시에 명덕을 향해 몸을 날렸던 것이다.

"안 그래도 기다리고 있었다!"

측근으로 보이는 장한이 죽었음에도 중년인의 표정에는 조금의 미동도 없었다.

애초에 모두가 죽을 각오를 하고 왔다는 듯이 말이다.

그래서인지 중년인은 명덕의 포효에도 전혀 당황하지 않고 도를 휘둘렀다.

평소의 온전한 명덕이었다면 감히 그가 맞상대하기 힘들었겠지만 상처 입은 지금이라면 환약을 먹지 않더라도 할 만했다.

'굳이 시간을 끌 필요 없다. 여길 처리하고 무요를……'

명덕은 분명 강했지만 중년인의 목표는 아니었다.

그렇기에 중년인은 명덕과 장로 몇몇을 죽인 후 무요가 있다는 면벽동으로 향할 생각이었다.

원래의 계획은 무당파의 파멸이었지만 지금은 선택과 집중이 필요했다.

그런데 그때 등 뒤에서 섬뜩한 소성이 들려왔다.

쉬이이익!

미약한 소성이었지만 중년인은 본능적으로 느꼈다.

지금 등 뒤로 덮쳐 오는 이가 누구인지 말이다.

그래서 중년인은 고민하지 않고 왼손을 품속에 넣어 목궤를 열었다.

쌔애액!

전방에서는 명덕이 검을 쥐고 쇄도하고 있었으나 중년인
은 망설이지 않고 몸을 돌렸다.

그러고는 두 눈으로 정확히 유하성의 위치를 파악하고는
진천뢰를 던졌다.

멀쩡한 몸 상태의 유하성이었다면 진천뢰로 죽일 수 있다
고 장담하기 힘들었지만 지금이라면 통할 터였다.

부하들에 이어 의동생까지 상대한 직후였기에 제아무리
유하성이라도 지치지 않았을 리가 없었다.

"어?!"

그런데 이어지는 광경에 중년인의 두 눈이 화등잔만 하게
커졌다.

상상조차 못 한 일이 지금 그의 눈앞에서 벌어져서였다.

절묘한 순간에 던진 진천뢰를 유하성은 달려오는 속도 그
대로 받아 냈다.

일정 이상의 충격이 가해지면 폭발한다는 걸 알면서도 유
하성은 일말의 망설임도 없이 손을 뻗어 진천뢰를 잡았다.

"말도 안 돼!"

그 광경에 중년인이 자기도 모르게 소리쳤다.

저런 광경은 듣도 보도 못해서였다.

물론 이론적으로는 가능했다.

하지만 실제로 저게 가능하리라고는 단 한 번도 생각하지
않았다.

상식적으로 위험한 물건이 날아오면 받을 수 있어도 피하기 마련이었다.

군이 위험을 감수할 필요는 없었으니까.

그런데 그 미친 짓을 유하성은 했다.

스윽.

심지어 안전하게 말이다.

중년인이 내심 터지길 바랐음에도 유하성은 그의 바람을 비웃듯 가볍게 진천뢰를 받아 냈다.

서걱.

동시에 중년인은 무릎에서 서늘한 감각을 느꼈다.

차가운 무언가가 스치고 지나가는 느낌과 함께 지독한 고통이 엄습했다.

"넌 지금 죽이지 않으마."

"큭!"

중년인이 신음을 흘리며 허물어졌다.

어느새 다가온 명덕의 검이 그의 다리를 무릎에서부터 베어 버린 것이었다.

그러면서 순식간에 마혈과 아혈을 짚었다.

환약은 물론이고 자결하지 못하도록 미연에 방지한 것이었다.

"고생하셨습니다."

"고생은 네가 했지. 내가 한 게 있느냐."

"으읍! 으으읍!"

악을 쓰는 중년인의 상처 부위를 지혈하며 명덕이 말했다.

그런 그의 안색은 백지장처럼 창백했다.

내상도 내상이지만 자잘한 상처에서 흘러나온 출혈 때문
이었다.

"이자는 데려가십시오. 여기는 제가 정리하겠습니다."

"쉬어야 하지 않겠느냐?"

명덕이 이제야 숨을 고르며 말했다.

그의 몸 상태도 정상이 아니었지만 그건 유하성도 마찬가
지였다.

아니, 어쩌면 그보다 더 심각할지 몰랐다.

누구보다 많은 적들을 상대했기에 명덕은 빠르게 유하성
의 전신을 훑어봤다.

"보시다시피 멀쩡합니다. 긁힌 상처야 상처도 아니죠. 그
보다는 사백께서 쉬셔야 할 것 같습니다만."

"정리는 저희가 하겠습니다."

두 사람의 곁으로 원상과 원호가 다가왔다.

만약의 사태에 대비해 이대제자들의 앞을 지키고 있다가
상황이 정리되자 다가온 것이었다.

"죄, 죄송합니다. 면목이 없습니다."

그리고 그들의 곁으로 입가에 핏자국이 가득한 무항이 다
가왔다.

하지만 그를 탓하는 이는 없었다.

너무 갑작스럽기도 했고 무항이 감당하기에는 적의 술수가 하나같이 상식 밖이었다.

"아니다. 일단 몸부터 추슬러라."

"예, 사백."

"두 분께서 같이 가시면 될 것 같습니다."

"너도 가야 하지 않겠느냐?"

"저보다는 춘상이를 데려가시죠."

멀찍이 떨어져 있던 이춘상이 순간 눈을 크게 떴다.

뜬금없이 자신을 불러서였다.

"응? 나?"

"너도 심각해."

"에이. 이 정도는 침 바르면 낫는다."

"헛소리 그만하고. 쟤 데려가."

"네!"

일대제자들이 기합이 바짝 들어간 목소리로 대답했다.

용봉회 때도 느끼긴 했지만 오늘은 그때와 또 달랐다.

그렇기에 다들 선망 어린 눈빛으로 유하성을 바라봤다.

"뒤를 부탁드리겠습니다."

"거절하지 못하게 만드는구나. 그래. 일단 정리하고 저녁에 처소로 찾아가마."

"예."

명덕이 못 이기는 척 생포된 중년인을 데리고 몸을 돌렸다.

그 모습을 잠시 지켜보던 유하성은 이내 원호, 원상과 함께 제자들의 시신을 하나씩 수습했다.

흑의인들의 시체도 따로 모아 두었다.

시체는 말이 없지만 그래도 또 혹시 몰라서였다.

낮에 있었던 습격 때문인지 경내의 분위기는 무거웠다.

한두 명도 아니고 무려 서른 명이 넘는 제자들이 죽거나 다쳤기에 분위기가 전체적으로 침체되어 있었다.

똑똑.

"나다."

"들어와."

문이 열리며 온몸에 붕대를 칭칭 감은 이춘상이 들어왔다.

거의 전신을 감은 듯한 붕대에 유하성의 시선이 꽂히자 이춘상이 머쓱한 듯 뒷머리를 긁적였다.

"아, 쪽팔리네."

"뭐가 쪽팔려. 무인이 다칠 수도 있는 거지."

"넌 멀쩡하잖아. 혼자서 열한 명의 폭발을 견뎌 내고도."

이춘상이 입술을 삐죽 내밀었다.

생각하면 생각할수록 자존심이 상했다.

그간의 노력으로 나름 따라잡았다고 생각했는데 여전히 격차가 크다는 걸 이번에 느낄 수 있어서였다.

물론 사람은 어쩔 수 없이 주관적이기에 스스로를 살짝 과대평가한 것도 있었다.

"난 약발이 있었잖아."

"그렇게 말하니 또 틀린 말은 아니네. 태청단을 먹고 약발이라는 표현을 써도 되나 모르겠지만."

이춘상이 실소를 흘렸다.

분명 의미상으로는 틀린 말이 아니었다.

근데 묘하게 어긋나는 느낌이 있었다.

아마도 태청단이 보통 약이 아니라서 그런 듯했다.

"너도 마음만 먹으면 구할 수 있잖아? 나야 일개 속가제자지만 넌 대(大)개방의 후개잖아. 사부가 취선이신데."

"거지가 영약은 무슨. 그런 거 살 돈이 없다. 누가 적선해 주면 모를까. 근데 그럴 일은 백 년이 뭐야. 이백 년에 한 번 있을까 말까 한 일이지. 그리고 네가 왜 일개 속가제자야? 일개 속가제자가 사문의 위기를 어떻게 구해? 장로들은 물론이고 원로들도 힘겨워한 위기에서."

이춘상은 헛소리하지 말라는 듯이 검지를 들어 휘휘 저었다.

일개 속가제자라고 하기에는 유하성이 지닌 무위도, 명성도 너무 높았다.

그리고 오늘 이후로 유하성의 무명은 더 높아질 것이었다.

어쩌면 무당파의 현 장문인인 무율과 비슷해질지도 몰랐다.

"나 혼자 구했나. 다 같이 합심해서 구했지. 그래서 너에게는 진짜 고마워하고 있어. 타 문파인데도 네 일처럼 싸워 줘서 고맙다, 친구야."

"흠흠! 갑자기 왜 그래? 안 하던 짓을 하고 그래."

갑작스러운 감사 인사에 이춘상이 얼굴을 살짝 붉혔다.

이런 식의 감사 표현은 낯간지러워서였다.

하지만 유하성은 진지했다.

만약 이춘상이 나서지 않았다면, 함께 싸워 주지 않았다면 더 많은 제자들이 죽거나 다쳤을 것이었다.

"사실이니까. 네가 아니었으면 더 많은 제자들이 다치거나 죽었을 거야. 정말 고마워."

"친구 사이에 무슨. 됐어. 이게 뭐 대단한 일이라고. 넌 만약 나나 개방이 공격당하면 가만히 있을 거야?"

"아니지."

"나도 마찬가지야. 힘겨울 때 같이 버티는 게 친구지. 그러니까 그만해. 이건 고맙다는 말을 들을 필요도 없는 당연한 일이니까."

"그리 말해 줘서 고맙네."

"아, 쫌!"

이춘상이 진절머리를 쳤다.

이런 분위기는 정말 적응이 되지 않았다.

오히려 상처 하나가 더 생기는 게 나을 것 같은 기분이었다.

"빚을 졌어."

"오, 그 말이 훨씬 낫다. 무당권패가 나에게 빚을 졌단 말이지. 으흐흐흐!"

"……갑자기 괜한 말을 한 것 같다는 생각이 드는데."

"이미 늦었어. 한번 내뱉은 말은 절대 주워 담을 수 없지. 내 기억을 지우지 않는 한. 근데 그건 불가능하지."

능글맞다 못해 얄밉게 웃으며 이춘상이 손가락을 휘휘 저었다.

이미 되돌리기에는 늦었다는 듯이 말이다.

"대신 무게는 같은 거야. 내가 생각하기에."

"그게 어디야."

이춘상은 이거로도 충분하다는 듯이 실실 웃었다.

그러나 이내 유하성이 탁자 위에 올려놓은 목궤를 보고는 눈을 부릅떴다.

"그리고 이거."

"어?!"

탁자 위에 올라온 목궤를 본 이춘상의 두 눈이 휘둥그레졌다.

그러면서 유하성과 목궤를 번갈아 쳐다봤다.

"가져가."

"이이이, 이거. 혹시?"

"네가 생각하는 게 맞아."

유하성이 장난스럽게 웃었다.

이렇게나 놀라는 이춘상의 모습은 보기 드물어서였다.

웬만한 일로는 잘 놀라지 않는 게 이춘상이었기에 유하성은 오랜만에 보는 이 반응을 즐겼다.

"이걸 왜?"

"필요하지 않아?"

꿀꺽!

이춘상이 자기도 모르게 마른침을 삼켰다.

그러고는 흔들리는 눈으로 평범하기 짝이 없는 목궤를 쳐다봤다.

겉보기에는 딱히 특별한 게 없는 목궤였으나 안에는 어마어마한 녀석이 담겨 있었다.

그렇기에 이춘상은 바짝 마른 입술을 혀로 핥으며 다시 한번 유하성을 바라봤다.

"진짜 내가 가져도 된다고?"

"응. 소유권은 나한테 있으니까. 명덕 사백과도 짧게나마 상의했고. 게다가 우리 쪽에는 이미 하나가 있으니까. 두 개가 있으면 당연히 좋겠지만, 알다시피 우리는 청정도문이잖아? 네가 그렇게 다쳤는데 보상도 해 줘야 한다고 생각했고."

"쉽게 허락 안 했을 거 같은데."

이춘상이 작은 목소리로 말했다.

아무리 무당파가 청정도문이라고 하나 현재는 번천회와 전쟁 중이었다.

더욱이 화탄은 본래 가진 위력도 대단했지만 어떻게 사용하느냐에 따라 전황을 바꿀 수도 있었다.

괜히 복건성 복주에서 유하성이 고전한 게 아니었다.

"중요한 건 결과 아니겠어?"

"네가 강력히 주장했구나."

"너무 신외지물에 의존하는 것도 좋지 않아. 위험하기도 하고. 휴대하기에 편하지만 그만큼 위험하기도 하니까. 그런 점에서 넌 괜찮으니까."

"고맙다. 정말 고마워."

"마음에 들어 하니 다행이네."

이춘상이 조심스럽게 목궤를 들었다.

그러고는 살며시 뚜껑을 열었다.

"이게 그 화탄이란 말이지."

"조심히 다뤄. 알지? 자칫 잘못하면, 쾅!"

"으헙!"

이춘상이 화들짝 놀랐다.

안 터진다는 걸 알면서도 유하성의 목소리에 반응하지 않을 수가 없었다.

물론 손안에서 터진다고 그가 죽지는 않겠지만 위험한 건 사실이었다.

아직 그는 강기를 유하성처럼 제어하지 못하기도 했고.

"팔아도 돈이 꽤 될 거야. 지금 상황에서는."

"왜 팔아. 사고 싶어도 구할 수가 없는 물건인데. 참, 아까 낮에 네가 이걸 받아 낼 때는 진짜 심장이 철렁했다. 아마 모두가 똑같은 심정이었을걸?"

"자신이 있었으니까."

"그래도 무모한 짓이었어. 굳이 위험을 감수할 이유는 없는데. 만약 터졌어 봐? 그 상황에서 네가 치명적인 부상을 당했다면 상황은 끝이었어."

다시 생각해도 끔찍하다는 듯이 이춘상이 고개를 절레절레 저었다.

만약 그때 유하성이 치명적인 부상을 당했다면 그 자리에 있던 모두가 죽었을지도 몰랐다.

멸문까지는 아니더라도 엄청난 피해를 입었을 건 분명했다.

"잘 풀렸잖아?"

"그래. 넌 자신이 있었단 말이지?"

"네 말대로 굳이 무리할 필요는 없었으니까. 그리고 하나 정도는 얻어서 나쁠 게 없다고 생각했고. 만약에 터지더라도 감당할 자신도 있었으니까."

"너 잘났다."

결국은 자기자랑에 이춘상이 투덜거렸다.

그러나 이내 목궤를 보고는 입이 함지박만 하게 벌어졌다.

"이젠 네 거니까 너 쓰고 싶은 대로 해."

"그럴 생각이야."

"그럼 이제 본론으로 넘어가자고. 꼬리는 좀 잡았어?"

"귀신같은 녀석."

이춘상이 질린 표정을 지었다.

떠보는 게 아니라 당연히 그랬을 거라고 확신하는 말투에 이춘상은 실소가 나왔다.

"이건 자존심 문제잖아. 무당파도, 개방도."

"그렇지."

"게다가 반대로 생각하면 당연한 거 아냐? 번천회로서는 결과가 궁금할 수밖에 없으니까. 양패구상했을 가능성도 있으니까. 그럼 누군가는 수습을 해야지?"

"정확하게는 털어 가려 했겠지."

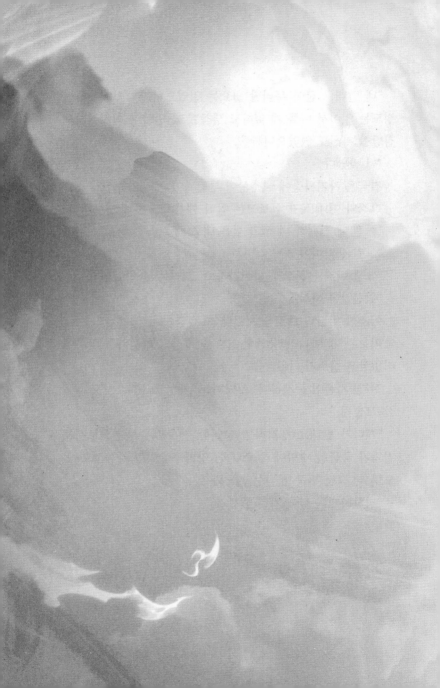

제37장 당하고만 있을 수는 없지

이춘상의 표정이 진지해졌다.

지금껏 번천회가 보여 준 행보를 보면 어떻게 했을지 눈에 훤했다.

아마 무당파의 무공서고를 싹 다 털어 상승무공은 자신들이 챙기고 그 외의 무공들은 전부 공개했을 게 분명했다.

어쩌면 핵심 무공도 공개했을 수도 있고.

"내 말이. 그러니까 무당산의 동태를 살피던 이들이 있었을 거야. 겉으로 보기에는 수상하지 않았지만 무당산을 주시하고 있는."

"맞아."

"어떻게 됐어?"

"몇 명은 눈치 빠르게 내빼서 놓쳤지만 두 명은 잡았어. 근데 이 녀석들 입이 무겁네. 이빨 사이에 독단도 있고. 어쩌면 고독이 있을 수도 있어."

유하성은 고개를 주억거렸다.

역시나 예상했던 대로였다.

붙잡았다고 해서 쉽게 말해 줄 거라고는 생각하지 않았다.

한두 해 준비한 것도 아닌데 고작 사로잡혔다고 실토할 가능성은 희박했다.

"그건 개방에 맡기마. 그쪽의 전문가는 개방일 테니까."

"우리가 알아내는 일에는 전문가지. 잘 구슬리기도 하고."

"패는 것도 잘하잖아."

"흐흐! 그렇긴 하지. 근데 잘 때리는 건 너도 마찬가지잖아."

이춘상이 히죽 웃었다.

그가 보기에 무당파에서 손쓰는 것에 한해서는 유하성보다 뛰어난 이는 없었다.

"난 적어도 깔끔하게 끝내니까. 시체에서 알아낸 건 없지?"

"무당파 제자들과 같이 알아봤는데, 이 녀석들 용의주도해. 단서가 될 만한 게 단 하나도 없어. 금전이 다야."

"그럼 믿을 건 중년인밖에 없나."

"쉽지는 않을 거야. 워낙에 원한이 깊은 녀석이라."

이춘상은 뒷말을 아꼈다.

청정도문이라 불리는 무당파이기에 아무래도 고문 같은 일에는 익숙하지 않을 게 분명해서였다.

물론 무당파에도 정보 조직이 있는 건 알았으나 이런 쪽의 일에는 능숙하지 못할 터였다.

"현재 확실하게 밝혀진 십천은 다섯 곳이지?"

"응. 의심되는 곳은 많지만 확실하게 십천이라 할 수 있는 곳은 다섯이지. 철기방, 벽력문, 일독문, 녹림십팔채, 그리고 세 곳의 수로채. 지들끼리는 천하수로채라고 부른다던데."

"틀린 말은 아니네."

장강과 황하, 동정호를 휘젓는 수로채들이니만큼 천하라는 이름을 붙여도 이상하지는 않았다.

다만 모두가 그걸 인정할지는 의문이지만.

"이번에 환약을 사용했으니 이쪽으로 한번 파 보려고. 약으로 유명한 곳은 몇 없지만 중요한 건 알려지지 않은 곳일 테니까. 약초들을 대량으로 매입한 곳을 파 보면 무언가 나올 것 같기는 해."

"반대로 생각하는 건 어때?"

"반대로?"

이춘상이 고개를 갸웃거렸다.

무슨 말인지 이해되지 않아서였다.

그러나 이어지는 유하성의 말에 이춘상은 눈을 반짝였다.

"지금 밝혀진 곳은 다섯 곳이잖아. 근데 굳이 나머지를 찾는 일에 집중할 필요가 있을까? 어차피 언젠가는 드러날 거다. 이렇게 대대적으로 번천회를 일으켰는데 언제까지 암막 뒤에 숨어 있을 수는 없지. 그러니 판을 새로 짜는 거야. 드러나지 않은 곳에 심력을 쏟기보다는, 확실하게 드러난 곳을 노리는 거지."

"호오."

"앞으로 번천회는 계속 중원수호맹의 후방을 노릴 거야. 그래야 신경이 분산되고 전력이 집중되기 힘드니까. 하지만 이건 우리도 쓸 수 있어."

"역발상이라. 확실히 허를 찌르기에는 좋아. 근데 문제가 있어. 철기방, 벽력문, 일독문, 녹림십팔채, 천하수로채의 전력은 현재 번천회의 총단에 모여 있어. 지금도 계속 모이고 있고. 우리만으로는 여기 못 뚫어. 하려면 중원수호맹이 나서야 해."

이춘상이 회의적인 표정을 지었다.

분명 계책으로 나쁘지는 않았다.

적의 전력이 드러나지 않았다는 건 반대로 말하면 아직 힘이 온전히 집결하지 않았다는 뜻이기도 했다.

"굳이 본진을 칠 필요는 없잖아?"

"응?"

"난 지금 호북성을 못 벗어나. 내 임무가 무당파를 지키는 것이기도 하고. 그러니까 움직일 수 있는 영역은 기껏해야 호북성이지. 근데 호북성에는 무당파만 있는 게 아니지. 그리고 번천회 쪽에서 이대로 물러날 것 같지도 않고."

"역으로 치자는 거지?"

이춘상의 두 눈이 반짝거렸다.

영리한 그답게 유하성의 의도를 단박에 알아차린 것이었다.

"무당파와 제갈세가는 적어도 호북성에서만큼은 뛰어난 정보망을 가지고 있지. 이번에는 비록 뚫렸지만 한번 당했는데 또 당할 정도로 어리석진 않아. 번천회도 그걸 알고 있을 테고. 하지만 그렇다고 해서 그냥 가만히 놔두지는 않을 거야. 아직 제갈세가를 노리지 않고 있기도 하고. 거기에 개방의 정보력이 함께한다면?"

"추적이 불가능하지는 않지."

"이번에는 이쪽에서 털어 보자고."

"재밌겠어. 아주 재밌겠어! 맞아. 나만 당할 수는 없지. 내가 한 대 맞았다면 저쪽은 최소한 두 방은 시원하게 때려 줘야지."

이춘상의 미소가 짙어졌다.

생각하는 것만으로도 흥분이 되어서였다.

더불어 번천회 쪽에서는 정말 상상도 못 하고 있을 터였다.

유하성이 당연히 무당산에만 있을 거라고 생각할 테니까.

"문제는 제갈세가의 협조인데, 이런 작전이라면 거절하지는 않을 거야."

"갑자기 두들겨 맞는 것보다는 먼저 때리는 게 이득이니까. 피해도 최소화할 수 있고. 좋아. 이건 바로 추진해 보자."

"제갈세가에는 내가 연락하마."

"제갈령령 소저에게 연락하려는 거지?"

보는 이의 눈살이 찌푸려질 정도로 이춘상이 눈썹을 씰룩였다.

친구지만 순간적으로 역겹다는 생각이 들 정도로 말이다.

그런데 그 생각이 얼굴에 드러났는지 이춘상의 미소가 더욱 짙어졌다.

"요거요거. 강한 부정은 강한 긍정이라는데."

"난 아무 말도 안 했다."

"부정은 곧 긍정이지."

"네가 그렇게 생각하는 거지."

"내가 뭘 생각하는 줄 알고?"

이춘상이 음흉하게 웃었다.

더욱더 부담스러운 눈빛을 뿌리면서 말이다.

그 모습에 유하성은 고개를 저었다.

무당
패왕

아예 상대해 주지 않는 게 나을 것 같아서였다.

"흐흐흐! 나는 다 안다. 어쨌든 일단 움직여 보마. 자존심에 생채기가 난 건 우리도 마찬가지라서 말이지."

"부탁한다."

"그래."

"너무 무리하진 말고."

"이건 다 긁힌 거라니까. 다들 너무 예민하게 반응한 거야."

이춘상이 아무렇지 않다는 듯이 자리에서 벌떡 일어났다.

이깟 상처는 상처라고 할 수도 없다는 듯이 말이다.

그러나 유하성은 봤다.

순간적으로 이춘상의 입가가 꿈틀거리는 걸 말이다.

'쓸데없이 자존심은.'

누가 봐도 태연해지려고 애를 쓰는 모습에 유하성은 피식 웃었다.

그러고는 못 본 척을 해 주었다.

이춘상이 그래 주길 원하는 듯싶어서.

"내일 보자."

그걸 아는지 모르는지 이춘상은 끝까지 미소를 유지한 채로 방을 나섰다.

스륵. 스르륵.

새하얀 한지 위에 먹물을 가득 머금은 붓이 거침없이 움직였다.

일필휘지라는 말처럼 유하성은 조금의 고민도 없이 단숨에 글을 적어 내려갔다.

바로 제갈세가의 제갈령령에게 보낼 서찰이었다.

그리고 이와 비슷한 내용의 서신을 금와장에도 보낼 계획이었다.

똑똑똑.

"들어오시죠."

"누구냐고 묻지도 않는구나."

"이 시간에 오신다고 하지 않았습니까."

"내 기척을 알아차린 건 아니고?"

문이 열리며 몸 곳곳에 붕대를 감은 명덕이 옅은 웃음과 함께 안으로 들어왔다.

그러고는 자연스럽게 유하성의 앞에 앉았다.

"글쎄요."

"의뭉스럽긴. 제갈세가에 보내는 서신인 모양이구나."

"예. 호북성에서 제일 믿을 수 있는 우군이지 않습니까. 오늘과 같은 습격을 생각하면 협력해서 나쁠 건 없다고 생각합니다."

"그렇지. 엄밀히 따지면 정보력은 우리보다 우위에 있으니까. 아마 오대세가 중에서 유일하게 남궁세가에 견줄 만할 거다. 머리 쓰는 일에는 도가 튼 가문이니."

대답을 하며 명덕이 묘한 시선으로 유하성을 쳐다봤다.

대놓고 묻지는 않았지만 유하성은 명덕이 무엇을 궁금해하는지 느낄 수 있었다.

"사백께서 생각하는 사이는 아닙니다. 어디까지나 협조를 요청하는 정도입니다."

"나는 별다른 말을 하지 않았다만?"

"눈빛으로 묻지 않았습니까."

"명운이와는 정말 다르단 말이지."

실소를 흘리며 중얼거리는 명덕의 모습에 유하성은 어깨를 으쓱거렸다.

사제지간이라고 해서 꼭 다 닮을 필요는 없다고 생각해서였다.

명운 역시 그가 자신과 같은 삶을 살길 바라지 않기도 했고 말이다.

"사형들은 어떻습니까?"

"무항이 제일 심각하기는 한데, 그렇다고 생명에 지장이 있는 정도는 아니다. 다만 몇 달간은 요양을 해야 할 게다. 당분간은 싸워선 안 돼."

"다행이군요."

"사호문에 대해서는 안 물어보는구나."

"알아낸 게 있다면 알아서 말씀해 주실 거라 생각했습니다."

또르륵.

내공으로 차를 데운 유하성이 찻잔에 차를 따랐다.

이윽고 김이 몽글몽글 올라오며 옅은 차향이 실내를 천천히 채워 나갔다.

"중년인의 목표는 무요였다. 자세한 건 아직 확인하지 못했는데 짐작하기로 오래전 무요에 의해 사호문이 멸문을 당한 듯싶다."

"사호문은 어디에 속해 있던 문파였습니까?"

"정사 중간이었다."

날카롭게 질문하는 유하성의 모습에 명덕이 쓴웃음을 지었다.

확실히 눈치가 빠르다는 걸 느낄 수 있어서였다.

"당사자에게 물어보는 게 가장 빠르지 않겠습니까?"

"안 그래도 그럴 생각이다. 어찌 됐든 우리로서는 이유를 파악해야 하니까. 또 이게 다일 거라 장담할 수 없고. 물론 이번과 같이 속수무책으로 당할 생각은 없지만."

따뜻한 차를 들이켜며 명덕이 두 눈을 형형하게 빛냈다.

비록 최정예가 중원수호맹의 총단으로 향했다고 하나 그

래도 무당파는 무당파였다.

그런데도 망설임 없이 습격했다는 점에 명덕은 자존심이 상했다.

달리 말하면 그만큼 무당파를 만만하게 봤다는 뜻이었기 때문이다.

"아마도 하나만이 아닐 겁니다. 무당파의 역사가 긴 만큼."

"……그렇겠지."

명덕의 목소리가 무거워졌다.

안 그래도 그가 염려하는 부분이 바로 그것이었다.

무요와 사호문의 일이 얼마 전이라고 생각될 정도로 더 오래전의 일들이 갑자기 튀어나올지도 몰랐다.

"좋게 생각하시죠. 이참에 다 털어 버리는 기회로."

"참 신기하단 말이지. 어떻게 명운이에게서 너와 같은 제자가 나왔을까."

"사부님께서는 저에게 이런 말씀을 하셨습니다. 자신을 너무 닮지 말라고요."

"좋은 점만 닮는 게 가장 좋긴 하지."

명덕이 고개를 주억거렸다.

너무 착해도 좋지 않았다.

세상에는 그런 사람을 이용하려는 이들이 많았다.

당장 무당파만 하더라도 그런 이가 없다고 장담할 수 없었다.

'특히 무요가 말이지.'

조금 식은 차를 한 모금 들이켜며 명덕이 눈을 감았다.

무요가 도인답지 않게 탐욕이 있다는 사실은 알고 있었다.

그러나 무당파의 무공을 익히고 있었기에 꾸준히 정진하고 시간이 흐르면 거대한 탐욕도 서서히 흘려보낼 거라 생각했다.

하지만 그건 그의 바람일 뿐이었다.

'때론 단호함이 필요하다고 하셨지.'

그와 동시에 문득 아주 오래전, 사부와 나눈 대화가 떠올랐다.

무조건 끌어안는 것이 능사는 아니라고 말이다.

더불어 그는 지금까지 자신이 한 일에 대해서 회의감이 들었다.

정말 자신이 잘했는지 의문이 들었던 것이다.

"이대로 당하고만 있으실 생각은 없으시죠?"

"물론. 아무리 우리가 청정도문이라고 하나 엄연히 무문이다. 죽은 제자들의 넋을 달래 주기 위해서라도 혈채는 받아 내야 해."

감고 있던 두 눈을 뜨며 명덕이 스산하게 말했다.

아무리 그가 도인이라고 하나 희로애락에서 벗어나지는 못했다.

그리고 무림에는 무림의 법도가 있었다.

"중년인에게서 아무것도 알아낼 수 없다면 접근을 다르게 하는 건 어떻습니까?"

"접근을 다르게?"

"예. 최근에서부터 한 이십 년 전까지 무당파와 분쟁이 있었던 곳들을 조사하는 겁니다. 잘 풀린 일을 중점적으로."

"호오."

명덕이 턱을 쓰다듬었다.

잘 풀렸다는 말은 달리 말하면 사문에 유리하게 해결되었다는 걸 뜻했다.

애초에 좋지 않게 마무리된 사건은 당연히 기록에 남아 있거나 따로 해결을 봤을 테고.

일례로 이번 일만 보더라도 무요가 관계되어 있으리라고는 누구도 생각하지 못했었다.

"중년인의 입이 열리기만을 기다리는 것보다는 차라리 이게 낫지 않겠습니까? 다른 곳의 도움이 필요하지 않은 일이기도 하고요."

"본 파의 일이니까. 근데 그건 어떻게 생각해 냈느냐?"

"정석이라고 생각하는 것만이 꼭 맞는 건 아니니까요. 그래서 저는 늘 무언가에 막힐 때 반대로 생각했습니다. 왕도는 존재하지만 그 길이 꼭 하나만 있는 건 아니니까요."

"그렇지."

명덕은 실소를 흘렸다.

어떻게 면장과 십단금을 완성했는지 지금의 대답으로 조금은 알게 된 느낌이었다.

"가능성이 있을 뿐이지 아무것도 건지지 못할 수도 있습니다."

"맞아. 확실한 건 없지. 그러나 중요한 건 시도해 볼 가치는 충분하다는 거지. 그래서 나에게 말해 준 것이지 않더냐? 내가 비청당(秘淸堂)의 당주인 것을 알고."

"비청당이요?"

"……몰랐느냐?"

두 눈을 끔뻑거리는 유하성의 모습에 명덕이 허탈한 표정을 지었다.

반응을 보아하니 정말 모르는 듯해서였다.

"비청당이 무엇입니까?"

"무당파가 운용하는 정보 조직이다. 근데 한 번도 못 들어 봤다고?"

"저 작년까지 사부님과 단둘이서만 수련했습니다. 십 년 만에 명천 사백을 만났고요."

"으음!"

침음을 흘리며 명덕이 고개를 주억거렸다.

생각해 보니 모르는 것도 이상하지 않았다.

작년이라고 하나 강호유람을 한답시고 일 년 동안 무당산을 떠나 있었던 게 유하성이었다.

누군가가 말해 주지 않는다면 모를 수밖에 없었다.

"이름이 비청당이었군요. 저는 그냥 의견을 말한 것뿐입니다."

"허참."

"비밀이었다면 지켜 드리겠습니다. 굳이 말하고 다닐 이유도 없고요."

"네가 어련히 잘하겠지. 그리고 이제 와서 하는 말인데 사실 나는 사형의 결정에 반대했었다. 너에게 공력이 부족하단 건 알았지만, 굳이 태청단을 줄 필요는 없다고 생각했거든. 시간이 지나면 자연히 공력이 늘어날 테니까."

명덕이 은근슬쩍 화제를 돌렸다.

비청당에 대해 말해서 좋을 게 없어서였다.

더불어 한 번쯤은 이 부분에 대해서 말하고 싶기도 했고.

"그렇습니까."

"안 서운하더냐?"

"의견이야 각자 다르기 마련이니까요. 틀린 말도 아니고."

"근데 지금 와서 보니 사형에게 혜안이 있었던 모양이다. 만약 사형이 떠나기 전에 너에게 태청단을 주지 않았다면 우리가 이렇게 편하게 마주 보며 대화하지는 못했겠지."

"그랬을지도 모르겠네요."

차를 한 모금 마시며 유하성이 고개를 느릿하게 끄덕였다.

죽지는 않았겠지만 확실한 건 지금처럼 몸이 멀쩡하지는 못했을 터였다.

예상치 못한 기습이기도 했고, 환약이라는 변수가 만들어 낸 힘이 너무 강력했었다.

"고맙다."

"무당파의 제자로서 당연히 해야 할 일을 한 것뿐입니다."

"네가 아니었으면 정말 상상조차 하기 싫은 일이 벌어졌을 것이다."

"어떻게든 막아 내지 않았겠습니까. 무당파를 생각하는 건 모두가 똑같으니까요. 그것보다는 파훼법에 대해 알아보는 게 가장 급할 것 같습니다."

환약도 놀라웠지만 유하성을 가장 충격에 빠뜨린 건 습격자들이 무당파 무공의 파훼법을 알고 있다는 사실이었다.

물론 태극혜검 같은 강호일절은 초식을 안다고 해도 파훼법을 만들어 내기가 힘들겠지만 중요한 건 현허칠성검법의 파훼법이 있다는 사실이었다.

그 말은 달리 말하면 시간만 주어진다면, 태극혜검을 연구할 시간이 있다면 언젠가는 파훼법을 찾아낼 수도 있다는 뜻이었다.

"안 그래도 그 부분에 대해 명천 사형께 바로 전서응을 날렸다. 현허칠성검법이 파훼되었다는 건 태극혜검을 제외한 대부분의 무공이 파훼되었다는 것이나 마찬가지이니까. 그나마 다행인 건 면장이나 십단금에 대해서는 전혀 연구가 되어 있지 않다는 거지."

그나마 다행이라는 듯이 명덕이 말했다.

하지만 태극혜검도 안심할 수는 없었다.

당대의 장문인과 장문제자만 익힐 수 있는 게 태극혜검이었다.

그렇기에 파훼법이 있을 가능성이 희박하다고 생각했지만 안심할 수도 없었다.

"형산파가 무너진 게 어쩌면 파훼법 때문일 수도 있습니다."

"나도 그렇게 생각한다. 아무리 숫자가 많다고 하지만 하루아침에 무너질 정도로 형산파가 약하지는 않으니까."

풀리지 않았던 의문이 이제야 풀리는 느낌이었다.

일정 이상의 숫자가 모이면 분명 대단한 힘을 발휘하지만 무림인들의 전쟁은 군부와 달랐다.

숫자보다는 절대고수 한 명에 의해 승패가 결정되는 경우가 많았기에 수적으로 우세하다고 해서 꼭 이길 수 있는 건 아니었다.

"어쩌면 이미 늦었을 수도 있습니다."

"우리만 습격했을 리는 없으니까. 그래도 약간의 시간차는 있겠지. 호남성과 맞닿아 있는 곳이 호북성이니까."

"어찌 됐든 중원수호맹에 입맹한 곳들에는 알려 줘야 한다고 생각합니다."

"이미 연락을 쫙 돌렸다. 부디 늦지 않기만을 바랄 뿐."

명덕이 침중한 표정을 지었다.

비록 무당파는 피해를 입었으나 다른 곳은 혹시 모를 습격을 잘 막아 냈으면 하는 바람이었다.

물론 안다고 해서 완벽하게 방비하기가 쉽지 않겠지만 그래도 모르고 당하는 것보다는 알고 대비하는 게 훨씬 나았다.

"그리고 사백께 말씀드릴 게 있습니다."

"편히 말하거라."

"잠시 암행을 나갈까 합니다."

"암행?"

"예. 기습을 꼭 저쪽만 하라는 법은 없지 않습니까."

명덕의 눈이 번뜩였다.

무슨 말인지 그는 단박에 이해됐던 것이다.

하지만 동시에 걱정도 되었다.

현재 무당파에서 제일 중요한 전력은 누가 뭐래도 유하성이었기 때문이다.

"무슨 말인지는 알겠지만 그렇게 되면 본산이 위험할 수도 있다."

"개방이 도와주기로 했습니다. 적어도 이번처럼 갑작스러운 습격을 당하지는 않을 겁니다. 그리고 전 비청당을 믿습니다.”

“안 된다는 말을 원천 봉쇄해 버리는구나.”

“많은 인원은 필요 없습니다. 딱 두 명만 움직일 겁니다. 저와 춘상이만요.”

“둘이서? 위험하지 않겠느냐?”

명덕이 걱정스러운 얼굴로 물었다.

두 사람의 무위에 대해서는 잘 알고 있었다.

그러나 만약 상대방의 전력이 둘보다 강하다면 되레 잡아먹힐 수도 있었다.

“춘상이가 개방의 후개입니다. 중원 전체라면 불가능하겠지만 호북성에 한해서라면, 거기에 비청당과 함께라면 충분히 꼬리를 잡을 수 있다고 생각합니다. 그리고 불리한데 무작정 달려들 생각은 없습니다.”

“흐음. 개방과 비청당이 함께라.”

명덕의 두 눈이 깊어졌다.

상대방의 방식을 아예 모르면 모를까 이미 한번 당한 상태였다.

게다가 흔적 때문이라도 다수가 움직이기는 힘들 터였다.

그렇다면 천하십대고수가 아닌 한 유하성과 이춘상을 막기란 쉽지 않을 것이었다.

“싸우더라도 뒤처리를 확실하게 할 생각이고요. 이런 쪽은 또 개방이 전문이지 않습니까.”

"개방의 역량이라면 흔적을 지우는 것 정도는 쉽지."

"알려지기는 하겠지만 그 소식이 번천회에 들어갈 때에는 모든 상황이 끝난 후일 겁니다."

"절대 무리하면 안 된다."

"예."

명덕이 단호하게 말했다.

시도해 볼 가치는 충분하다고 생각하지만 그렇다고 무리할 필요는 없었다.

명천이 말한 대로 유하성은 단순한 속가제자가 아니었다.

무당파를 대표하는 고수이자 사제인 명운의 단 하나뿐인 제자였기에 그가 죽으면 죽었지 유하성이 죽어서는 안 되었다.

"넌 너 혼자만의 몸이 아니다. 그걸 언제나 명심했으면 좋겠다."

"알겠습니다."

"적어도 나나 명천 사형의 나이만큼은 살아야 해. 그래야 저승에 가서 명운이에게 면목이 있지 않겠느냐."

"명천 사백과 똑같은 말씀을 하시네요."

순간 유하성이 실소를 흘렸다.

생각지도 못한 순간에 명천과 똑같은 말을 해서였다.

하지만 명덕은 진지했다.

"그만큼 네가 중요한 존재라는 거다. 무당면장과 십단금의 계승자이기도 하고."

"명심하겠습니다."

"더해서 내 몫까지 복수해 주고."

"예."

진심이 담긴 말에 유하성이 씨익 웃었다.

이렇게 말하지 않아도 그럴 생각이었다.

　　　　　　　　※

초승달이 떴으나 하늘을 가득 뒤덮고 있는 구름으로 인해 좀처럼 모습이 보이지 않았다.

거의 무월광이나 마찬가지인 야밤에 두 개의 인영이 한 줄기 바람처럼 소리 없이 움직였다.

ㅡ저기다.

ㅡ외진 곳을 생각했는데 이런 곳이라. 오히려 사람 속에 숨은 건가?

ㅡ그렇지. 보통은 인적이 드문 곳에 숨어 있을 거라 생각하니까. 근데 몸을 숨기기에 가장 좋은 장소는 사람이 많은 곳이야. 거기다 상인들과 표국들이 자주 드나드는 장소면 금상첨화지.

야심한 시간임에도 곳곳에서는 여전히 빛이 흘러나오고 있었다.

바로 청루와 홍루에서 흘러나오는 불빛이었다.

거기다 객잔으로 보이는 건물에서도 군데군데 등불이 흘러나왔다.

―고생 좀 했겠는데.

―근데 다들 군말 없이 도와줬어. 자존심이 상한 건 마찬가지거든.

―다행이네. 너무 부탁만 하는 것 같아서 미안했는데.

주변에서 가장 높은 목조건물의 지붕에 서서 유하성이 전음으로 말했다.

이춘상은 괜찮다고 했지만 신경이 쓰이는 건 어쩔 수 없었다.

가장 깨끗한 관계는 서로 주고받는 관계였으니까.

―이번에 큰 걸로 하나 챙겨 줬잖아. 그러니까 괜찮아. 오히려 다들 상상도 못 했던 걸 받아서 놀라더라. 사부님도 마찬가지고.

―그래?

―그리고 개방은 절대 이득 때문에 움직이지 않아. 오직 협의와 대의로만 움직이지. 재물은 없지만 대신 우리에게는 자긍심이 있으니까.

옆에 서 있던 이춘상이 가슴을 쭉 내밀었다.

아무것도 가지지 않았다고 세인들은 생각하지만 그건 틀렸다.

개방도는 이 세상에서 가장 중요한 것 하나를 다들 가슴에 품고 있었다.

-알고 있지. 근데 확실한 거야? 애먼 사람들일 수도 있잖아.

-몇 번이고 교차 확인 했다. 확실해. 거기다 무당파와 제갈세가에서도 도움을 주었고. 마지막으로 우리가 직접 확인할 거잖아?

-그렇지.

유하성의 시선이 이 마을에서 다섯 손가락 안에 들어가는 오 층 객잔의 한 곳으로 향했다.

불빛은 흘러나오지만 창문은 단단히 닫혀 있는 사 층으로 말이다.

-가 보자고.

후우웅.

칠 층 전각의 지붕에 있던 이춘상이 가볍게 몸을 날렸다.

그러자 정말 날아가는 것처럼 이춘상이 바람을 타고서 유유히 객잔의 지붕에 내려섰다.

일절 소리도 없이 말이다.

스윽.

그리고 그건 유하성도 마찬가지였다.

이동하면서 주변을 살피는 것도 잊지 않으며 유하성이 사 층의 처마 위에 내려섰다.

단순히 비를 흘려 내기 위한 용도로 만들어졌기에 처마의 크기가 그리 크지는 않았지만 두 사람이 서기에는 충분했다.

ー무당파에 원한을 가진 이들이 이렇게나 많을 줄이야.

ー다행스러운 건 우리만 이렇지는 않다는 거지.

ー개방은 제외야. 우리는 거지라서 그런지 아예 노리지를 않더라고.

ー총타에 별거 없잖아.

ー지금 본 방 무시하냐?

이춘상이 눈을 흘겼다.

아무리 거지들이 모여 있다고 하나 총타는 총타였다.

냄새나고 낡아서 그렇지 있을 건 다 있었다.

ー일단 무슨 대화를 나누는지 들어 보자고.

ー역시 세상은 공평하다니까. 환약이 만능은 아냐.

이춘상은 혀를 차며 어깨를 으쓱였다.

나름대로 대화가 새어 나가는 걸 막는답시고 기막을 펼치긴 했으나 그 수준은 그리 높지 않았다.

기껏해야 절정의 경지에 발을 디딘 정도였다.

ー만능이었으면 우리가 여기에 이렇게 있지는 못했겠지?

ー다들 무공 수련 대신 환약을 구하러 다녔겠지.

ー자, 어디 무슨 대화를 나누나 들어 볼까.

이춘상이 방 안의 대화에 귀를 기울였다.

그보다 낮은 수준의 무인이 펼친 기막이었기에 엿듣는 데 아무런 문제가 없었다.

"제갈세가 쪽은?"

"실패했다고 합니다. 근데 제갈세가는 애초에 장원이 요새 수준이지 않습니까."

이춘상의 호언장담대로 귀를 기울이기 무섭게 곧바로 대어가 걸렸다.

제갈세가에 대한 이야기가 흘러나왔던 것이다.

그 말에 이춘상이 득의양양한 표정을 지었다.

"당연히 그걸 알고 준비했을 텐데. 그런데도 실패했다고?"

"예. 내부에서 변절자가 도와주기로 했는데 성공하기 직전에 들켰다고 합니다."

"직계라고 했었나?"

"먼 직계라 방계나 마찬가지입니다. 스스로는 직계라고 말하고 다니지만요. 어쨌든 그로 인해 본래 계획이 어그러져서 결과적으로는 실패했다고 합니다."

"다 죽었겠군."

우두머리로 짐작되는 목소리가 혀를 쳤다.

어그러진 계획이 성공할 확률은 희박해서였다.

더욱이 중원에서 가장 머리 좋은 이들이 모여 있는 곳이 바로 제갈세가였다.

들킨 순간 실패는 확정된 것이나 마찬가지였다.

"그렇습니다."

"다른 조는?"

"제갈세가 쪽 말씀이십니까, 아니면 우리 쪽 말씀이십니까?"

확실하지 않은 물음에 수하가 조심스럽게 반문했다.

모이는 곳이 여기만이 아니어서였다.

"당연히 우리지."

"반은 도착했고, 나머지 반은 오전 중에 도착할 예정입니다."

"적당히 흩어져 있지?"

"예. 뭉쳐 있으면 의심을 살 수밖에 없으니까요. 가뜩이나 개방의 거지새끼들이 두 눈을 부릅뜨고 다니고 있어 다들 조심하고 있습니다."

"복수 대상이 살짝 겹치기는 하지만, 우리끼리만으로는 전복이 불가능하니."

더벅머리 장년인이 입맛을 다셨다.

마음 같아서는 단독으로 쳐들어가서 무당파를 쓸어버리고 싶었지만 사호문이 실패했다면 자신도 장담할 수 없었다.

물론 부상자들이 많다고 소문이 나기는 했으나 정작 가장 큰 난적인 유하성이 다치지 않았다고 했다.

그렇기에 장년인은 무리할 필요는 없다고 생각했다.

"그것도 그렇지만 전리품을 나눠야 한다는 게 가장 마음에 들지 않습니다. 우리끼리 무너뜨리면 다 먹을 수 있는

데……."

"무너뜨릴 수 있다면 말이지. 근데 문제는 우리끼리 확실하게 날려 버릴 수 있느냐 하는 거지."

"진천뢰를 잘 사용하면 되지 않겠습니까? 제아무리 고수라도 산사태가 나서 깔리면 죽음을 피할 수 없을 겁니다."

"깔리게 만들 수만 있다면 그렇겠지. 그런데 그럴 경우 우리도 위험해. 가장 좋은 건 우리 손으로 끝내는 거야. 그러니까 애들 잘 다독여 놔."

"이 정도면 충분한 것 같은데?"

흠칫!

방 안에서 몰래 작당모의를 하던 이들이 움찔거렸다.

그와 동시에 세 명의 고개가 휙 돌아갔다.

낯선 목소리가 들려온 창문을 향해 모두가 시선을 움직였던 것이다.

"누구냐!"

"지나가던 과객이라고 하고 싶지만, 믿지 않겠지?"

"퍽이나 믿겠다."

"근데 이런 말을 한번 해 보고 싶었어. 멋있잖아? 소설 속에 나오는 주인공 같고."

날 선 장년인의 일갈에 이춘상이 창문을 천천히 열고서 안으로 들어왔다.

특유의 능글맞은 미소를 머금은 채로 말이다.

"너, 너는!"

마치 제집인 것처럼 너무나 여유롭게 창문을 통해 안으로 들어오는 이춘상과 유하성의 모습에 장년인이 퍼뜩 놀랐다.

정말 상상조차 하지 못한 이들이 등장해서였다.

하지만 대경하는 그와 달리 수하들은 빠르게 반응한 모양인지 방문이 거칠게 열리며 장정들이 우르르 들어왔다.

"총 열세 명이라."

"어떻게 여길?!"

이춘상과 마찬가지로 느긋한 신색의 유하성이 방 안으로 황급히 들어온 열 명을 찬찬히 훑었다.

하나같이 어디서나 흔하게 볼 수 있는 장한들의 모습에 유하성은 고개를 주억거렸다.

지극히 평범한 인상들이기에 찾기가 힘들 수밖에 없을 거란 생각이 들어서였다.

"언제까지고 안 들킬 줄 알았어? 무당파의 앞마당이나 마찬가지인 호북성에서? 거기다 내가 있는데? 자신감이 너무 과한 거 아냐?"

으득!

대놓고 비아냥거리는 이춘상의 모습에 장년인이 이를 갈았다.

그러고는 천천히 검병에 손을 가져갔다.

예상치 못한 대면이었으나 그는 빠르게 상황을 파악했다.

어떻게 보면 지금의 상황이 꼭 나쁘지만은 않다고 생각해서였다.

'이 둘이 다라면, 해볼 만하다.'

장년인이 빠르게 기감을 확장했다.

혹시 인원이 더 있나 확인하는 것이었다.

그러나 적어도 그의 기감에 잡히는 수상한 기척은 없었다.

"둘만 온 모양이군."

"왜? 우리 둘이면 할 만할 것 같아?"

"당연히."

"고작 열세 명으로?"

이춘상이 대놓고 이죽거렸다.

눈빛만 봐도 장년인이 무슨 생각을 하고 있는지 알 수 있어서였다.

"우리 전력이 고작이라고 칭할 정도가 아니라는 걸 알고 있을 텐데?"

"아, 그 환약과 화탄? 근데 다른 소식은 전해지지 않았나 봐? 하긴. 사호문의 소식이 전달되기에는 시간이 그리 많이 흐르지 않았지."

스윽.

특유의 느물거리는 말투와 함께 이춘상은 품속에서 무언가를 슬쩍 내보였다.

그러자 장년인은 물론이고 병기를 꼬나 쥐고서 들어온 장정들이 흠칫거렸다.

이춘상의 가슴팍에서 아주 익숙한 목궤가 보여서였다.

반도 모습을 드러내지 않았지만 그 정도만으로도 그들을 긴장시키기에는 충분했다.

"그걸 어떻게?"

"사호문에서 선물로 줬어. 물론 나에게 오기까지 주인이 한 번 바뀌기는 했지만 말이지."

"으음!"

"그쪽도 가지고 있을 것 같은데. 궁금하네. 두 개가 동시에 터지면 어떤 일이 벌어질지."

이춘상이 의미심장하게 웃었다.

할 수 있으면 해 보라는 표정에 장년인이 입술을 깨물었다.

죽는 건 두렵지 않았다.

다만 그를 망설이게 만드는 건 죽을 자리가 이곳이 아니어서였다.

어차피 자신과 수하들의 말로는 정해져 있었다.

하지만 그 끝은 무당산이지 여기가 아니었다.

"······이 건물에는 무당파와 아무런 연관이 없는 사람들이 수두룩하다."

"악당이 하는 협박이라고 하기에는 너무 약한데? 보통은 싹 다 죽이겠다고 해야 좀 수준이 맞지 않나? 자고로 사내대

장부라면 크게 놀아야지. 적어도 무당파의 멸문을 노리는 이
들이라면 말이야."

이춘상의 입가에 비릿한 조소가 맺혔다.

어째서 장년인이 머뭇거리는지 그는 그 이유에 대해서 너
무나 잘 알아서였다.

무당산이었다면 아마도 이들은 팔다리가 잘려도 기를 쓰
고 달려들었을 것이었다.

하지만 이들이 죽을 장소는 이곳이 아니었다.

"정말 끝까지 가 보자는 것이냐!"

"시작은 너희들이 했어."

"큭!"

"저희가 막겠습니다!"

"그 틈을 타서 가십시오!"

유하성의 지풍에 지시를 기다리고 있던 장정 하나의 미간
에서 피가 솟구쳤다.

그 모습에 장한들이 일제히 유하성을 향해 달려들었다.

미리 준비하고 있던 환약을 입으로 가져가면서 말이다.

그런 수하들의 모습에 장년인이 이를 악물고서 몸을 돌렸
다.

"너희들의 몫까지 내가 반드시 복수해 주겠다!"

진천뢰를 제외하더라도 환약을 먹으면 유하성과 이춘상을
상대할 수는 있었다.

하지만 복수는 포기해야 했다.

한번 사용한 선천지기는 복구되지 않으니까.

그러므로 이게 최선이었다.

"누가 보내 준대?"

"어림도 없지."

피피피핑!

유하성의 손가락에서 지풍이 속사포처럼 쏘아졌다.

태청단을 먹기 전이었다면 내공 소모가 큰 지풍은 엄두도 내지 못했겠지만 지금은 달랐다.

거기에 이춘상은 미리 챙겨 놓은 자잘한 돌멩이들을 일제히 던졌다.

다른 이였다면 멋있게 금자나 은자를 뿌렸겠지만 안타깝게도 그는 거지였다.

"커헉!"

"큭!"

"제기랄!"

효율의 극대화를 추구하는 유하성답게 그가 날리는 지풍은 정확히 환약을 들고 있는 손의 손등을 가격했다.

반면에 이춘상은 맞고 뒈지라는 듯이 무작정 날렸는데 의외로 효과가 대단했다.

하나같이 신음을 흘리며 허물어졌던 것이다.

타앙! 탕!

마지막까지 장년인을 호위하던 두 명의 사내가 각각 검과 도로 유하성의 지풍을 막아 내며 문을 막아섰다.

어떻게든 추격하지 못하도록 몸으로 막으려는 것이었다.

하지만 둘의 결의와 달리 장년인은 문을 열기도 전에 유하성에게 팔뚝을 붙잡혔다.

"허업!"

창졸간에 접근해서 자신의 팔뚝을 잡은 유하성의 모습에 장년인이 기겁했다.

유하성이 대단하다는 건 소문으로 익히 들었으나 지금처럼 폐쇄된 공간에서 이렇게나 빨리 움직일 줄은 몰라서였다.

"놓아라!"

"형님만은 반드시……!"

퍼퍼퍼퍽!

귀신같이 나타난 유하성을 향해 몸을 돌리며 칼을 휘두르려던 두 사내가 눈을 부릅뜬 채로 엎어졌다.

창문에 있던 이춘상이 기다렸다는 듯이 돌멩이를 날린 것이었다.

나머지는 이미 쓰러진 상태였기에 이춘상은 여유롭게 딱 두 개의 돌멩이만 던져 둘의 뒤통수를 맞혀서 기절시켰다.

"날 잊으면 쓰나."

"이익!"

오른손이 붙잡혔으나 아직 왼손은 멀쩡했다.

그렇기에 어쩔 수 없다는 듯이 장년인은 품속에 손을 집어넣었다.

원래의 계획과는 달리 환약을 먹으려는 것이었다.

하지만 그마저도 뜻을 이루지는 못했다.

"우린 할 말이 많을 거야. 그러니 잘 생각해 두라고. 나에게 어떻게 말해야 할지."

"큭!"

절정고수이기는 하나 유하성이나 이춘상과 비교하면 턱없이 부족한 수준이었다.

환약을 먹으면 달라지겠지만 중요한 건 환약을 먹어야 한다는 점이었다.

그리고 유하성은 장년인이 순순히 환약을 먹도록 놔둘 생각이 없었다.

털썩!

붙잡은 팔뚝을 통해 내기를 집어넣은 유하성은 그대로 장년인의 기맥을 헤집어 버렸다.

마혈을 짚을 수도 있었으나 그렇게 하지 않고 아예 기맥을 비틀어 버렸다.

그러자 장년인은 고통스러운 얼굴로 바닥에 주저앉았다.

"나머지는 정리 끝."

"고생했다."

"고생은 무슨. 돌멩이 좀 던진 게 다인데. 그래서 투자 대비 성과가 아주 대단해. 멀쩡한 환약을 대거 구했으니까."

유하성이 장년인을 상대하는 사이 이춘상은 쓰러진 장한들에게서 환약을 모조리 챙겼다.

많은 이들이 나서서 각종 약초들의 판매 흐름을 파악하고 있었으나 시장이 너무 컸다.

약초들의 종류도 너무나 많았고 말이다.

그러나 환약을 구했으니 여기에 사용된 약초 위주로 조사한다면 지금보다 훨씬 빠르게 조사할 수 있을 것이었다.

더해서 번천회에 필요한 약초들이나 재료들을 이쪽에서 막거나 방해하는 것도 가능했다.

"이것도 하나 더 챙겼고 말이지."

유하성이 장년인의 품속에서 목궤를 꺼냈다.

바로 벽력문의 화탄이었다.

"그걸로 패가 하나 더 생겼네."

이춘상이 히죽 웃었다.

생각하면 생각할수록 정말 아낌없이 주는 녀석들이어서였다.

물론 기습의 효과도 있었고, 다수의 인원이 마음대로 싸우기 힘든 협소한 공간이었다고 하나 중요한 건 결과였다.

"저희 왔습니다!"

"늦은 시간까지 고생이 많다."

"아닙니다! 든든히 먹었으니 당연히 일을 해야죠!"

문이 벌컥 열리며 십 대 초중반의 아이들이 우르르 들어왔다.

바로 개방의 백의개들이었다.

매듭은 없지만 엄연히 개방의 방도들인 아이들은 익숙하게 힘을 합쳐 기절한 장한들을 들어 올렸다.

2인 1조로 한 명씩 들고서는 밖으로 나갔던 것이다.

"데려다 놓고 우리가 있는 곳으로 와. 음식 시켜 줄 테니까."

"감사합니다!"

아무리 이춘상과 친구 사이라고 하나 개방 제자들을 동원해 놓고 입을 싹 닦을 생각은 없었다.

오히려 친구 사이이기에 이런 사소한 것들을 더 잘 챙겨야 한다고 유하성은 생각했다.

주머니 사정이 안 좋은 것도 아니었기에 유하성은 이미 든든하게 먹였지만 또 먹을 걸 사 주기로 했다.

한창 자라나는 아이들에게는 먹는 것만큼 좋은 게 없었다.

"고맙기는 한데, 자꾸 그러면 애들 버릇 나빠지는데. 배고 품을 알아야 삶의 소중함을 아는 법인데."

그런데 정작 백의개들을 보며 이춘상은 눈살을 찌푸렸다.

너무 사 주는 것도 좋지 않다고 생각해서였다.

"수당은 확실하게 챙겨 줘야지. 밤늦게까지 기다리고 있었는데."

"차라리 낮에 사 주지. 지금은 더 비싸잖아."

"나 돈 꽤 있다."

제38장 선의에는 선의로

유하성이 걱정하지 말라는 투로 말했다.

안 써서 그렇지 그의 수중에는 꽤 많은 돈이 있었다.

엄청나게 부자인 건 아니지만 군룡도문과 군호표국을 멸문시키면서 챙긴 게 꽤 됐다.

대부분을 백현승과 대청표국에 주었음에도 불구하고 말이다.

"그건 아는데, 버릇 나빠질까 봐 그러지. 세상을 만만하게 보면 안 되는데."

"정당한 대가야. 그리고 이번만 도움을 받을 게 아니니까."

"우리 애들이 너 엄청 좋아하겠다."

"그럼 나야 좋지."

"자, 가자. 오늘 가야 할 곳이 많아."

순식간에 깔끔해진 방 안을 한 차례 둘러본 후 이춘상이 창문의 문틀에 발을 올리며 말했다.

아직 밤은 길었고, 할 일은 많았다.

그렇기에 유하성은 이춘상을 따라 야공을 갈랐다.

푸르릉.

새벽안개가 곳곳을 뒤덮고 있는 시각에 흑풍이 익숙하게 비탈길을 내려왔다.

그러나 어디에서도 익숙한 목소리는 들리지 않았다.

이맘때쯤 오면 늘 들려야 하는 음성이 전혀 들리지 않자 흑풍은 콧구멍을 벌렁거렸다.

하지만 어디에서도 익숙한 냄새는 맡아지지 않았다.

푸르륵?

냄새도, 목소리도 들리지 않자 흑풍이 검은 구슬 같은 두 눈을 끔뻑이며 머리를 갸웃거렸다.

이런 적이 단 한 번도 없었기에 의아했던 것이다.

누구보다 일찍 공터에 나와서 수련을 하는 게 유하성인데 어디에서도 그의 모습은 보이지 않았다.

"흑풍이 왔구나?"

그런 흑풍을 가장 먼저 발견한 백현승이 달려왔다.

이른 시각임에도 얼마나 격렬히 수련을 했는지 온몸이 땀으로 흥건했다.

푸릉.

"형님은 잠깐 하산하셨어. 아마 며칠 동안은 못 오실 거야?"

흑풍이 퉁방울만 한 두 눈을 껌뻑거렸다.

이게 무슨 소리인가 싶어서였다.

그러나 백현승은 설명 대신 익숙하게 당근 하나를 뽑아 왔다.

"오, 흑풍이 왔네?"

"예. 근데 형님을 찾는 모양이에요."

"그렇겠지. 복건성에서 오직 사숙만을 보고 여기까지 왔는데."

원호가 고개를 주억거렸다.

그러면서 흑풍이 온 방향을 두리번거렸다.

다른 야생마들이 꽤 거리를 두고 있지만 절정의 경지인 그에게는 이 정도 거리는 아무것도 아니었다.

그렇기에 모여 있는 야생마들을 유심히 살펴봤다.

"아직 새끼 안 쳤을걸?"

"허. 내 속마음을 들여다본 거냐?"

"척하면 척이지. 네 꿍꿍이속은 굳이 속을 꿰뚫어 보지 않아도 그냥 보여."

"너도 살펴보면서."

"너는 못 얻겠지만 나는 또 다를 수도 있으니까."

원호가 도끼눈을 뜨고서 원상을 노려봤다.

하지만 매서운 원호의 눈빛에도 원상은 차분한 얼굴로 야생마들을 찬찬히 둘러봤다.

"내가 안 되면 너도 안 돼. 내가 가만히 지켜보지 않을 거거든."

"말을 해도. 으이그."

무리의 규모가 제법 커졌기에 혹시나 새끼를 낳지는 않았을까 했는데 아직인 모양이었다.

덜 자란 녀석들은 꽤 있어도 갓 태어난 것으로 보이는 망아지들은 없었다.

"너무 어려서 안 데리고 다니는 것일 수도 있지. 망아지가 금방 걷기는 해도 다 자란 말들처럼 막 뛰어다니는 건 불가능하니까."

"호오."

"그걸 생각 못 했네요."

산책하러 나온 모양인지 지팡이를 짚고서 명견이 웃으며 다가왔다.

그러자 두 사람의 눈빛이 달라졌다.

"아닐 수도 있고. 그나저나 실망이 큰 모양인데."

엊그제만 하더라도 잘만 먹던 당근을 흑풍은 입에도 대지 않았다.

백현승이 먹기 좋게 적당한 높이로 들어 주었는데도 말이다.

입 가까이 당근을 들이밀었음에도 흑풍은 주변만 연신 두리번거렸다.

"이런 적이 없었으니까요."

"진짜 똘똘하단 말이지."

"그러니까 다들 흑풍의 새끼들을 기다리는 거죠."

원호의 말에 원상과 명견이 고개를 주억거렸다.

비록 몸이 성치 않아 말이 있어도 마음 편히 탈 수가 없는 형편이라 그렇지 육신이 멀쩡했다면 명견 역시 욕심을 냈을 터였다.

"진짜 안 먹게?"

한편 평소와 마찬가지로 당근을 주던 백현승이 고개를 갸웃거렸다.

다른 때였다면 좋다구나 하고 당근을 야무지게 씹어 먹었을 텐데 지금은 전혀 관심 없다는 듯이 주변을 두리번거렸다.

그러더니 미련 없이 몸을 돌렸다.

"어?"

"풀이 많이 죽었네요. 유 소협이 없어서 서운한 모양입니다."

"저런 모습은 처음이네요."

어느새 옆에 다가온 곽두일의 말에 백현승이 의외라는 표정을 지었다.

유하성에게 애교를 부리긴 해도 막 엄청 친밀한 사이로 보이지는 않았다.

어떻게 보면 친구 사이 같다고나 할까.

그런데 지금 보니 흑풍이 유하성을 상당히 많이 좋아하는 모양이었다.

"유 소협만 보고 복건성에서 여기 무당산으로 오지 않았습니까. 동물이라도 서운할 수밖에 없죠."

"듣고 보니 그러네요."

"곧 돌아오신다고 하니 너무 걱정하지 않아도 될 것 같습니다. 원래 알아서 잘 지내기도 했고."

야생마 무리에게 다가가는 흑풍을 바라보며 곽두일이 말했다.

지금은 서운하겠지만 어쩔 수 없었다.

유하성은 무당파의 제자로서 할 일이 있었으니까.

푸르릉.

천천히 걸어가던 흑풍이 고개를 돌렸다.

혹시나 유하성이 왔나 싶어서였다.

武當霸王
무당
패왕

하지만 어디에서도 유하성의 냄새는 나지 않았다.

푸릉.

흑풍은 힘없이 앞으로 걸어갔다.

당연히 유하성이 있을 거라고 생각했는데 없었기에 실망감이 이만저만이 아니었다.

동시에 겁도 났다.

이대로 영원히 유하성을 못 보는 건 아닐까 하고.

푸드득.

흑풍이 거칠게 고개를 저었다.

자신이 아는 유하성은 다른 인간들과 달랐다.

모두가 자신을 통제하려고 할 때 유하성은 그러지 않았다.

물론 자신의 등에 올라탄 적이 있었지만 흑풍은 본능적으로 알았다.

자신도 인간을 태워 본 적이 없지만 유하성도 말에 타 본 적이 없다는 사실을 말이다.

그렇게 서로에게 적응을 했고, 그 이후에 유하성은 자신을 타기보다는 그냥 자유롭게 풀어 두었다.

푸릉!

흑풍은 단순하게 생각했다.

자신이 아는 유하성은 다른 인간과 다르기에 언제고 다시 올 거라고 말이다.

고향에서도 한동안 떠나 있다가 오지 않았던가.

지금도 그와 마찬가지라고 생각했다.

거기다 이곳에는 유하성의 친구들도 있는 만큼 반드시 돌아올 거라 생각했다.

두두두두!

거기까지 생각이 닿았을 때 어느새 흑풍은 무리가 모여 있는 장소에 도착했다.

그러자 언제 풀이 죽었냐는 듯이 우렁차게 투레질을 하고는 야생마들을 이끌고 무당산을 질주했다.

뚝. 뚝. 뚝.

빛 한 점 없는 어둠 속에서 물방울 떨어지는 소리가 들렸다.

부하들이 모두 모여 있지만 마혈과 아혈을 점혈당했기에 할 수 있는 건 숨소리를 내는 것뿐이었다.

그마저도 지금은 다들 내지 않고 눈을 감고 있었다.

쿠그그긍.

그때 무언가가 거칠게 밀리는 소리와 함께 빛이 들어왔다.

동혈 입구를 막고 있던 바위가 밀리며 눈부신 빛이 들어온 것이었다.

"읍읍!"

무당
패왕

"으으읍!"

더불어 억눌린 신음 소리가 연달아 들려왔다.

여기 갇혀 있던 이들과 마찬가지로 아혈을 점혈당한 상태에서 나오는 소리였다.

쿵! 쿠웅!

동시에 작달막한 키의 아이들이 팔다리가 묶인 장정들을 동혈 안으로 집어 던졌다.

그러나 새로이 들어온 이들이 할 수 있는 건 억눌린 신음 소리를 내는 것뿐이었다.

저벅저벅.

마치 할 일을 다 했다는 듯이 일곱 명의 장정들을 집어 던진 꾀죄죄한 몰골의 아이들은 뒤도 돌아보지 않고 동혈을 나섰다.

대신 두 명의 사내가 안으로 들어왔다.

바로 유하성과 이춘상이었다.

"어디 보자. 화섭자가……."

호흡을 위해 조금의 틈만 남기고 입구가 다시 닫혔다.

그렇기에 이춘상은 품속에서 화섭자를 꺼내 미리 챙겨 온 나무에 불을 붙였다.

간단하게 횃불을 만든 것이었다.

화르륵.

잠시 후 불이 붙으며 동혈 안의 광경이 은은하게 드러났다.

그리고 모두가 서로의 얼굴을 온전히 볼 수 있었다.

새로이 잡힌 이들이 들어올 때만 막힌 입구가 열렸기에 대부분은 어둠에 적응되어 눈이 부셔서 자세히 보지 못했었다.

하지만 지금의 횃불은 은은했기에 금세 적응이 되었다.

"어때? 서로 아는 얼굴들 아닌가? 다 같이 합심해서 무당파를 노렸으니까."

"……."

횃불을 든 채로 이춘상이 이죽거렸다.

그런데 의외로 반응이 없었다.

아무리 마혈과 아혈을 점혈당한 상태라고 하나 반응이 심하게 미적지근했다.

나름 격렬한 반응을 기대했는데 말이다.

"뭐지? 이 눈빛은? 체념도 아니고, 발악도 아니고."

"그냥 반항심이지. 어차피 죽는다는 걸 다 아니까. 애초에 폭정단(爆精丹)을 챙겼을 때부터 죽음을 각오했을 테니까."

"근데 사람 마음이라는 게 참 간사하잖아. 아침의 마음이랑 저녁의 마음이랑 다른 게 사람이니까. 무거운 사람은 한없이 무겁지만 가벼운 사람은 또 한없이 가볍고 말이지."

이춘상이 의미심장하게 웃으며 생포된 이들과 한 번씩 눈을 맞췄다.

그러자 몇몇 사람들이 시선을 피했다.

그리고 몇몇은 폭정단이라는 단어에 동공이 흔들렸다.

폭정단을 안다는 건 이쪽의 정보가 어느 정도 밝혀졌다는 걸 뜻해서였다.

"맞아."

"의외로 반응이 격렬한데? 고작 폭정단이라는 단어에 말이야."

"예상보다 우리 쪽의 정보 수집이 빠르다는 거겠지."

"근데 네가 직접 올 필요는 없었는데."

들고 있던 횃불을 한쪽 벽에 대충 박아 놓으며 이춘상이 슬쩍 말했다.

이런 쪽의 일은 아무래도 유하성이 직접 하기에는 좋지 않아서였다.

"친구만 손을 더럽히게 만드는 건 친구로서 할 짓이 아니지. 그리고 나 속가제자다."

"만능이네. 그 속가제자라는 거."

"진산제자보다 많은 점에서 자유롭지. 게다가 특별한 상황이기도 하고."

"뭐, 그렇지."

이춘상이 씰룩거리려는 입술에 힘을 주었다.

그도 사람인지라 유하성에게 이런 말을 들으니 기분이 좋은 건 어쩔 수 없었다.

하지만 한편으로는 유하성이 도움이 될까 싶었다.

무공은 몰라도 심문은 아무나 할 수 있는 게 아니어서였다.

"그리고 시작을 했으면 끝을 봐야지."

"아마 쉽지는 않을 거야. 딱 봐도 협조적이지 않은 건 보이지?"

"응."

유하성은 고개를 주억거렸다.

에둘러 말했지만 유하성은 이춘상이 무엇을 염려하는지 알았다.

그러나 유하성도 생각해 둔 것이 있었다.

"내가 먼저 할까?"

"나부터 할게. 무당파의 일이니까."

"알았어."

이춘상은 순순히 물러났다.

사로잡는 건 같이했지만 여기 있는 이들은 모두 무당파의 전복을 노린 이들이었다.

즉 유하성의 사문을 노린 이들이었기에 이춘상은 한발 물러났다.

친구의 자존심도 세워 줄 겸.

"지금 정도면 다들 서로의 얼굴들은 확인했지? 어떤 상황인지도 알 테고."

"……"

유하성이 점혈당한 이들을 찬찬히 둘러보며 말했다.

하지만 별다른 반응은 없었다.

똑같이 그를 죽일 듯이 노려보기만 했다.

"또 입이 많다는 것도."

"자자, 눈인사는 충분히 했으니 이제 각자 생각할 시간을 갖자고."

이춘상이 얄미운 미소를 지으며 눈알만 굴릴 수 있는 장정들을 죄다 돌려놓았다.

오로지 벽만 볼 수 있도록 몸을 돌렸던 것이다.

그뿐만 아니라 서로의 시야가 닿지 않게 적당한 간격을 놓고 떨어뜨렸다.

"시작해 볼까."

"……."

동혈 안을 바삐 움직이는 이춘상을 일별한 유하성은 가장 눈빛이 흔들리지 않았던 장년인의 앞에 몸을 쭈그리고 앉았다.

그러나 아혈을 풀어 주었음에도 장년인은 유하성을 죽일 듯이 노려보기만 할 뿐 입을 열지 않았다.

분명 자신의 아혈이 풀렸다는 걸 알고 있을 텐데도 말이다.

"또 누가 있지? 이들이 다는 아닐 것 같은데."

"내가 말해 줄 것 같으냐?"

"사실 나도 크게 기대는 안 했어."

푹.

핏발 선 눈으로 유하성을 노려보던 장년인이 입을 쩍 벌렸다.

왼쪽 쇄골 아래의 움푹 파인 부분을 찌른 유하성의 손가락에서 시작된 흉포한 기운이 삽시간에 체내를 휘젓자 무시무시한 고통이 엄습했다.

"끄, 끄아아악!"

"왜 그래? 벌써부터. 이제부터가 시작인데."

"끄으으윽!"

덜덜덜!

마혈 때문에 움직이고 싶어도 움직일 수가 없었기에 장년인은 바들바들 떨었다.

하지만 식은땀을 줄줄 흘리면서 고통스러워하는 장년인의 모습에도 유하성의 눈빛은 싸늘했다.

만약 그가 먼저 이들을 잡지 못했다면 무당산에서 싸웠어야 했을 것이고, 그렇게 되면 누군가는 죽었을 것이다.

사호문의 습격 때처럼 말이다.

그렇기에 유하성은 조금의 동정심도 생기지 않았다.

원한이 돌고 돈다지만 그걸 용서할 정도로 유하성은 선하지 못했다.

"분골착근은 시작도 하지 않았어."

"응? 너 그거 할 줄 알아?"

고문 전문가도 아닌 유하성이 분골착근을 하겠다고 하자 조용히 옆으로 다가온 이춘상이 눈을 껌뻑였다.

분골착근은 말은 쉬워 보이지만 실제로 펼칠 수 있는 사람은 그리 많지 않아서였다.

개방에서도 전문적으로 배운 이 말고는 제대로 펼칠 수 있는 제자가 없었다.

"비슷하게는. 육신에 대해서는 나도 꽤 해박한 편이라. 해 보는 건 처음이지만."

"으아아악!"

처음이라는 단어에 장년인이 비명을 질렀다.

지독한 고통 속에서도 저 두 글자만은 선명하게 귓전으로 파고들었던 것이다.

그러나 그가 할 수 있는 건 아무것도 없었다.

으득! 우드드득!

이윽고 섬뜩한 소리와 함께 뼈와 근육이 비틀리기 시작했다.

거기에 기맥이 뒤틀리자 장년인의 얼굴이 터질 것처럼 붉어졌다.

비명 소리가 동혈을 쩌렁쩌렁 울릴 정도였다.

흠칫! 흠칫!

모골이 송연해지는 장년인의 괴성에 벽만 보고 있던 몇몇 사내들이 몸을 떨었다.

성대가 찢어질 것 같은 비명 소리를 듣자 머릿속으로 온갖 상상이 떠올라서였다.

그래서인지 몇 명은 아예 울고 있었다.

"이렇게 보니 우리가 악마가 된 거 같은데, 틀렸어. 시작은 너희들이 먼저 했어. 그걸 명심하라고."

한풀 꺾인 살기를 몸소 느끼며 이춘상이 말했다.

돌고 도는 게 원한이라지만 결국 중요한 건 현재였다.

그리고 시작한 건 분명히 번천회였다.

힘으로 원한을 풀려고 했던 것 또한 번천회였고.

"끄으아악! 컥! 컵!"

하도 비명을 내질러서 그런지 목이 쉰 모양이었다.

그러나 유하성의 심문은 멈추지 않았다.

애초에 처음부터 가장 입을 열 것 같지 않아 보이는 이를 택했기에 유하성은 무심히 장년인의 기맥을 갈가리 찢어 버렸다.

아예 손을 쓰지 않는다면 모를까 써야 한다면 유하성은 망설일 생각이 없었다.

콰앙! 콰콰콰쾅!

성벽과도 같이 굳건하게 세워져 있는 담벼락 위에서 제갈 령령이 냉정한 눈으로 전황을 살폈다.

미리 대비를 하고 있었음에도 불구하고 피해는 기하급수 적으로 늘고 있는 상태였다.

특히 오십 개가 넘는 강기가 문제였다.

유하성의 연락을 받고 충분히 방비를 했다고 생각했는데 상대의 전력이 상상 이상이었다.

게다가 문제는 폭정단을 먹은 무인들만이 아니었다.

"누가, 그리고 얼마나 가지고 있는지를 모르니."

"아마 흩어져서 주시하고 있는 이들이 가지고 있을 거예 요. 어쩌면 각자 한 개씩이요."

"으음!"

제갈령령의 옆에 서 있던 제갈중이 침음을 흘렸다.

제갈세가주의 동생이자 부가주로서 본가를 지켜야 하는 막중한 책임을 가지고 있었기에 그는 무거운 표정으로 적당 한 거리를 두고 서 있는 다섯 명을 주시했다.

"반대로 하나 내지 두 개만 가지고 있을 수도 있고요."

"문제는 사용하기 전에는 누가 가지고 있는지, 얼마나 있 는지 확인할 수 없다는 점이지."

"맞아요."

제갈령령이 아랫입술을 깨물었다.

불완전하기는 하지만 그래도 강기를 펼치는 쉰아홉 명의

적들을 제갈세가의 무인들은 어찌어찌 막아 내고는 있었다.

특출 난 고수는 없었지만 수없이 연습하며 쌓은 조직력으로 적들을 막고 있었다.

물론 불완전하기는 해도 강기는 강기였기에 완벽하게 막아 내지는 못했다.

'언제 무너질지도 모르고.'

지금은 가까스로 막아 내고 있지만 시간이 그리 많지 않았다.

그나마 다행인 건 폭정단을 먹은 이들 역시 시간이 없는 건 마찬가지라는 점이었지만 문제는 그녀가 신경 써야 하는 게 하나 더 있다는 점이었다.

언제, 어디서 화탄이 날아올지 몰랐기에 제갈령령은 온 신경을 곤두세웠다.

"끌어 들일 순 없다. 기관진식에 화탄은 상극이야."

"알고 있어요. 심지어 죽는 걸 두려워하지 않는 이들이니."

"선수를 쳤어야 했는데."

제갈중이 이를 갈며 말했다.

무당파와 마찬가지로 제갈세가 역시 수비를 하는 것보다는 공격하는 쪽을 택했다.

그런데 문제는 적들이 그런 제갈세가의 속을 엿보기라도 한 것처럼 먼저 습격했다는 점이었다.

"크아악!"

"킥!"

고절한 초식도 없는 단순무식하기 짝이 없는 공격이었으나 문제는 강기가 서려 있다는 점이었다.

완전한 강기가 아니라고 하나 검기나 검사가 막을 수 있는 건 아니었다.

게다가 모두가 죽음을 각오했기에 부상을 두려워하지 않는 게 더욱더 무서웠다.

이미 버린 목숨이라는 듯이 달려들었기에 제갈세가로서는 피해가 클 수밖에 없었다.

"위치를 지켜라! 쓰러뜨리려 하지 말고 밀어 내! 정문에서 최대한 떨어뜨려 놓아야 한다!"

"예!"

제갈세가주와 함께 중원수호맹으로 떠난 현천대를 대신해 가문의 수호를 맡은 천공대의 대주가 포효하듯 소리쳤다.

그 역시 검기성강의 수준에 이른 절정고수였으나 절대 무리하지 않았다.

무인으로서 이기는 것보다 제갈세가를 지키는 게 먼저였기에 천공대주는 같이 죽자는 식으로 달려드는 적들을 수하들과 함께 밀어 냈다.

화탄처럼 몸을 폭사시킨다는 걸 알았기에 장원에서 최대한 떨어뜨려 놓으려는 것이었다.

"이 조, 삼 조는 더 빠르게 움직이고!"

적들의 공격에 대원들의 몸이 갈라지고 찢어졌지만 천공 대주는 흔들리지 않았다.

애초에 피해 없는 전투는 없는 법이었다.

그렇다면 죽은 대원들의 희생이 헛되지 않게 제갈세가를 지켜야 했다.

"얼른 몰아!"

"예!"

천공대주의 지시에 후방에 있던 조장들이 휘하 조원들을 데리고 발 빠르게 움직였다.

제갈세가가 자랑하는 기문진법을 펼치려는 것이었다.

비록 한 명 한 명의 무력은 다른 오대세가에 비해 떨어질지 모르나 대신 제갈세가에는 끈끈한 조직력과 결속력이 있었다.

함께 싸운다면 그 어떤 명문세가보다 더한 힘을 발휘하는 게 바로 제갈세가의 현천대와 천공대였다.

"흐읍!"

"끄으응!"

거기다 상대방의 약점을 알고 있기에 천공대는 그걸 최대한 물고 늘어졌다.

어떻게든 버티는 쪽으로 말이다.

그런데 그때 변수가 일어났다.

제갈세가를 공격하던 무인들의 움직임이 달라졌던 것이다.

"부딪치지 말고 물러나!"

일순간 일어나는 변화에 천공대주가 소리쳤다.

그러자 이백여 명의 천공대원들이 마치 한 몸인 것처럼 일사불란하게 물러났다.

쩌저저적!

진형을 유지한 채로 물러나는 천공대의 앞으로 거대한 검강이 휩쓸고 지나갔다.

지면에 깊은 고랑을 만들었던 것이다.

세밀한 내공 운용이 불가능하기에 대부분이 저렇게 큰 초식들 위주라 피하는 게 그리 어렵지만은 않았다.

하지만 회피했음에도 천공대주의 표정은 어두웠다.

'역시 본 가의 무공도 파악했나.'

천공대주가 아랫입술을 깨물었다.

보는 순간 그는 알았던 것이다.

이번 초식이 제갈세가의 무공을 파훼하기 위해 만들어졌다는 걸 말이다.

그리고 그걸 제갈중 역시 단번에 파악했다.

"몰랐다면 크게 당했겠어."

"이번 공격으로 천공대의 인원이 최소 삼 할은 줄었을 거예요."

"내가 보기에도."

제갈령령의 말에 제갈중이 고개를 끄덕였다.

미리 알고 있었기에 이상한 낌새를 느끼자마자 물러났지 그러지 않고 맞부딪쳤다면 피해가 상당했을 터였다.

"따로 사례를 해 드려야겠어요."

"그래야지. 도움을 받았다면 갚는 게 도리지. 그나저나 궁금하구나. 대체 어떤 인물일지."

"뛰어나신 분이에요. 인간적으로도, 무인으로도요."

"네가 그렇게 칭찬을 하니 더 궁금한 것도 있다. 오라비에게도 칭찬이 인색한 게 너이지 않더냐."

"할 때는 해요."

전장에서 시선을 떼지 않은 채로 제갈령령이 어깨를 으쓱였다.

그러나 그 모습에 제갈중은 실소를 흘렸다.

지금까지 살아오면서 제갈령령이 제갈성을 칭찬한 적이 열 손가락 안에 꼽을 정도여서였다.

"얼굴도 볼 겸 이곳에 와 주었으면 좋겠는데, 그건 힘들겠지?"

"무당파의 상황도 썩 좋은 건 아니니까요. 핵심 전력은 중원수호맹의 총단에 가 있고요."

"우리와 같은 상황이라는 건 당연히 알고 있지. 근데 지금 뒤를 쳐 주면 더할 나위 없이 좋을 것 같아서 말이다."

제갈중의 표정이 다시 진지해졌다.

그런 그의 시선은 영악하게 적당한 거리를 두고 서 있는 다섯 명에게로 향했다.

화살이나 쇠뇌가 닿을 수는 있어도 위력적이지는 않은 거리.

날아오는 걸 확실하게 피할 수 있는 거리에 서 있는 다섯 명의 모습에 제갈중이 씁쓸하게 중얼거렸다.

"뒤쪽에서 쳐 주면 전략적으로 정말 좋죠. 다만 그럴 여유가 없어서 그렇지."

"병력은 있으나 문제는 실력이지."

제갈중이 아쉬운 표정을 지었다.

별동대를 운용할 수는 있으나 문제는 개개인의 무력이었다.

소수 정예로 움직여야 하는 만큼 확실한 실력이 필요한데 그 정도의 고수는 현재 제갈세가에 없었다.

그렇다고 그가 움직일 수도 없었고.

"전황을 뒤집을 수는 없지만 지금도 나쁘지만은 않아요. 충분히 잘 막고 있으니까요. 우리 측의 피해가 계속 쌓이고 있긴 하지만 예상했던 범위 안이고, 시간이 흐를수록 쫓기는 건 저쪽이니까요."

제갈령령이 눈을 빛냈다.

죽은 이들이 있긴 했으나 숫자는 그리 많지 않았다.

부상자도 발생하는 즉시 후방으로 빼내고 있었고.

더욱이 시간이 흐를수록 불리한 건 적들이었기에 이대로 전황을 유지만 해도 제갈세가는 이득이었다.

스윽.

그리고 그 사실은 후방에 있던 다섯 명 역시 알고 있었다.

생각보다 단단한 제갈세가의 방어선에 다섯 중 가장 우측에 있던 중년인이 품속에 손을 가져갔다.

지금의 상황을 뒤집기 위해서는 변화가 필요하다고 생각해서였다.

"계획했던 것보다는 훨씬 이르지만 어쩔 수 없군."

"다 쓰고 가자고. 안 쓰는 게 가장 좋지만, 쓸 수 있는 패가 있는데 너무 아끼는 것도 좋지 않으니."

"여유가 없는 것도 아니고."

진천뢰를 꺼내는 중년인의 모습에 나머지가 입을 열었다.

가장 좋은 건 진천뢰를 사용하지 않고 부하들의 선에서 제갈세가를 반파시키는 것이었지만 보아하니 그건 힘들 것 같았다.

그렇기에 다들 동조했다.

지금 상황에서 하나 정도는 충분히 써도 된다고 생각해서였다.

쌔애액!

목궤를 열어 진천뢰를 꺼낸 중년인이 천공대의 중앙을 향해 벼락같이 던졌다.

진천뢰로 정문을 부수는 것도 한 가지 방법이었으나 그보다는 천공대를 날려 버리는 게 더 이득이었다.

정문을 부숴도 천공대와 싸워야 하는 건 마찬가지였기에 중년인은 차라리 천공대를 택했다.

"산개하라!"

기습처럼 던진 진천뢰였으나 천공대의 반응은 기민했다.

제갈령령과 제갈중이 주시하고 있었기에 진천뢰를 꺼내자마자 전음으로 천공대주에게 지시를 내린 것이었다.

거기다 제갈령령은 한 가지 조치를 더 내렸다.

씨이이잉!

미리 대기하고 있던 제갈세가 최고의 명사수가 화살을 쐈다.

쇄도하는 화탄을 향해 기다렸다는 듯이 화살을 날렸던 것이다.

꽈아아앙!

화탄이 일정한 충격이 가해져야 폭발한다는 사실을 알았기에 명사수는 화살에 내공을 가득 실었다.

그 결과 화탄은 허공에서 폭발했다.

그것도 천공대가 아닌 다섯 명의 부하들의 머리 위에서 말이다.

"허!"

그 모습에 진천뢰를 던졌던 중년인이 어처구니없다는 표정을 지었다.

설마하니 저런 방식으로 진천뢰를 막을 줄은 꿈에도 상상하지 못했기에 그는 당혹스러운 표정을 지었다.

"그럼 두 개는 어떨까."

쌔애액! 쌔액!

생각지도 못한 방법으로 진천뢰가 막혔으나 다른 이들은 당황하지 않았다.

이제 고작 하나가 막힌 것뿐이었다.

게다가 상대의 수를 알았으니 그에 맞춰 대응하면 될 일이었다.

그래서인지 두 개의 진천뢰는 무시무시한 속도로 허공을 갈랐다.

"쏴라!"

각기 다른 방향으로 무시무시한 파공음을 터트리며 날아오는 화탄을 보며 제갈중이 소리쳤다.

그러자 두 줄기의 섬광이 담벼락 위에서 번뜩였다.

이번에는 두 명의 명사수가 화살을 쏜 것이었다.

하지만 방금 전과 달리 두 개의 화살은 허무하게 화탄을 스쳐 지나갔다.

처음과 달리 이번에는 둘 다 공력을 실어 있는 힘껏 던졌기에 제아무리 명사수라도 허공에서 맞히기가 쉽지 않았던 것이다.

그러나 두 명의 명사수는 포기하지 않았다.

씨잉! 씨이잉!

하나가 안 된다면 두 개, 세 개를 연달아 쐈다.

속사포처럼 날아오는 화탄을 향해 계속해서 활시위를 당겼다.

하지만 육안으로 보기 힘든 빠른 속도이다 보니 맞힐 수가 없었다.

천공대를 지나갈 때는 동료가 맞을 수도 있기에 쏠 수도 없었고.

"모두 산개해!"

"흩어져!"

더 이상 화살이 날아오지 않는 순간 천공대주와 부대주가 소리쳤다.

허공에서 요격하는 데 실패했다면 선택지는 하나뿐이었다.

꽈아앙! 콰앙!

그러나 문제는 반응이 조금 늦었다는 것이었다.

명사수들을 믿었지만 결과적으로 요격은 실패했고, 그 결과 천공대가 유지하고 있던 진형이 무너진 것은 물론이고 반에 가까운 대원들이 죽거나 다쳤다.

"끄윽!"

"커헉!"

두 개의 진천뢰로 인해 가까스로 유지하고 있던 진형이 무너지자 폭정단을 먹은 장한들이 날뛰기 시작했다.

양 떼에 들어간 늑대처럼 천공대를 갈기갈기 찢어 버렸던 것이다.

"물러나! 모두 한곳으로 모여! 큭!"

그 광경에 천공대주가 다급히 몸을 날려 절체절명의 위기에 빠진 대원 한 명을 구했으나 그가 할 수 있는 건 딱 거기까지였다.

한 명이라면 모를까 두 명, 세 명이 협공하자 제아무리 천공대주라도 버거울 수밖에 없었다.

"으음!"

순식간에 난장판이 된 전장에 제갈령령의 얼굴에서 식은 땀이 흘렀다.

대비를 충분히 했음에도 결과적으로는 실패해서였다.

게다가 문제는 화탄이 더 남아 있을지도 모른다는 사실이었다.

"내가 내려가겠다. 지휘를 맡아 다오."

"숙부."

"여기서 더 흔들리면 안 된다. 어떻게든 수습을 해야 해. 피해가 상당하지만 다시 진형을 구축하면 막을 수 있다. 냉정해져야 해. 가솔들의 비명 소리에 가슴이 아프겠지만 크게 봐야 한다."

제갈중이 단호하게 말했다.

자신이 전장에 합류하면 제갈령령이 전체적인 지휘를 해야 했다.

그렇기에 제갈중은 다른 생각은 하지 말라는 듯이 강하게 말했다.

"……알았어요."

"어떻게든 밖에서 막아야 해. 안으로 들어오면 무공을 익히지 않은 이들도 죽는다."

"네."

격렬하게 흔들리던 제갈령령의 눈동자가 차분해졌다.

식솔들을 생각하자 마음을 다잡을 수 있었던 것이다.

"뒤를 부탁하마."

"최선을 다할……!"

콰아아앙!

그때 폭음과 함께 성벽과도 같은 담벼락이 뒤흔들렸다.

지진이라도 난 것처럼 크게 흔들렸던 것이다.

"저, 저런!"

가까스로 균형을 잡은 제갈중이 고개를 돌리자 사방에 뿌려진 핏자국과 함께 한쪽이 허물어진 담벼락이 눈에 들어왔다.

선천진기가 거의 바닥나자 적들 중 한 명이 담을 향해 몸을 폭사한 것이었다.

"막아! 몸으로라도 막아!"

"어떻게든 장원을 지켜야 한다!"

그 모습에 어떻게든 집결해서 진형을 구축하려 하던 천공대원들이 발 빠르게 움직였다.

장원 안에는 가족들이 있기에 어떻게 해서든 막으려는 것이었다.

하지만 쉽지가 않았다.

거리를 두면 강기가 날아오고 가까이 다가가면 동귀어진 하겠다는 듯이 폭사를 했기에 천공대로서는 진퇴양난의 상황이었다.

꽈앙! 꽈아앙!

거기다 굳이 정문을 노릴 필요가 없다는 듯이 담을 향해 몸을 폭사시켰기에 곳곳이 반쯤 무너지거나 아예 허물어졌다.

아직 싸울 수 있는 적들은 그곳을 노리고서 파고들었고 말이다.

'이대로는······!'

제갈중이 전장에 합류했으나 이미 추는 기울어진 상태였다.

그 혼자서는 다시 균형을 맞출 수가 없었다.

"다행히 우리가 늦지는 않은 모양인데?"

"어?"

입술을 잘근잘근 깨물며 어떻게 이 상황을 타개해야 할지 고민하고 있을 때 제갈령령의 귓전으로 전장과는 어울리지 않는 여유로운 목소리가 들려왔다.

그것도 상당히 익숙한 음성이 말이다.

"조금 늦은 것 같기는 하지만."

퍽!

상처투성이인 몸으로 제갈세가의 담장을 향해 달려가던 황의무복인의 머리가 터졌다.

폭사하려는 걸 알고 유하성이 지풍을 날려 저지한 것이었다.

피잉! 피이잉!

그뿐만 아니라 유하성은 곳곳에 지풍을 쐈다.

위기에 처해 있는 제갈세가의 무인들을 구해 주었던 것이다.

"저놈이 왜 여기에!"

유하성의 등장에 수장 격으로 보이는 다섯 명의 중년인들이 노성을 터트렸다.

무당산에서 내려왔다고 듣긴 들었지만 여기 융중산까지 찾아올 줄은 몰라서였다.

"유 공자님! 이 소협!"

반면에 제갈령령은 반색하며 소리쳤다.

단 두 명뿐인 지원군이었지만 중요한 건 숫자가 아니었다.

현재 가장 필요한 고수의 등장이었기에 제갈령령은 물론이고 제갈중과 천공대의 얼굴이 밝아졌다.

"이야. 역시 네 이름이 먼저 나오네. 이거 서러워서 살겠나."

"왜 그런 거에 의미를 둬?"

"그냥 부러워서."

유하성만큼은 아니지만 이춘상 역시 고수였다.

그 사실을 이춘상은 무위로 보여 주었다.

달려드는 세 명의 적들을 어렵지 않게 쓰러뜨렸던 것이다.

갓 폭정단을 먹어서 힘이 넘쳐 날 때면 모르겠지만 선천지기라는 불꽃이 언제 꺼질지 모르는 지금이라면 셋 정도는 충분히 상대할 수 있었다.

뻐억! 빠각!

물론 유하성처럼 압도적으로 찍어 누를 수는 없었지만 말이다.

현란하게 권강이나 수강을 내뿜지는 않았지만 대신 유하성은 검강이건 도강이건 그냥 손으로 쪼개고 뭉개 버렸다.

"킥!"

"제, 젠장!"

말 그대로 압도적인 힘으로 짓뭉개 버리는 무위에 적들이 질린 표정을 지었다.

아무리 도강과 검강을 휘둘러도 소용이 없어서였다.

아니, 아예 맞힐 수가 없었다.

그들이 펼치는 공격이 훤히 보인다는 듯이 유하성은 유유히 사이사이로 움직이며 손을 뿌렸다.

퍽! 퍼퍼퍽!

막기 힘든 궤적으로 절묘하게 파고드는 일격에 습격자들은 추풍낙엽처럼 쓰러졌다.

천공대를 밀어붙였던 강기도 유하성에게는 소용없었다.

어설픈 강기로는 유하성에게 상처 하나 입힐 수 없어서였다.

그렇다고 초식이 절륜한 것도 아니었기에 유하성은 공격들을 정면으로 박살 내며 제갈세가로 걸어갔다.

"뭣들 하는 것이냐! 죽여라! 저 두 놈부터 죽여!"

파죽지세로 수하들을 도륙하며 제갈세가의 정문을 향해 걸어가는 유하성의 모습에 다섯 명 중 한 명이 악을 써 댔다.

합류가 문제가 아니라 유하성이 문제였다.

유하성을 막지 못하면 계획이 실패하기에 험상궂은 얼굴의 사내가 소리쳤다.

"죽여!"

"어떻게든 놈을 죽여라!"

뒤이어 다른 이들도 울부짖었다.

어떻게든 유하성을 죽여야 한다는 걸 잘 알아서였다.

"같이 죽자!"

"칠성문을 위하여!"

사방에 흩어져 있던 이들이 전부 다 유하성에게 모여들었다.

명령이 아니더라도 그들 역시 알고 있었다.

유하성을 죽여야 목표를 이룰 수 있다는 사실을 말이다.

그렇기에 달려드는 이들은 일제히 선천진기를 끌어 올렸다.

"쏴라!"

늑대 떼처럼 유하성을 향해 일제히 달려드는 습격자들을 향해 제갈령령이 낭랑하게 소리쳤다.

그러자 담벼락 위로 활시위를 당긴 궁수들이 주르륵 나타났다.

습격자들이 등을 보인 이 순간을 그녀는 놓치지 않았던 것이다.

강기를 사용하지만 선천지기를 이용해 억지로 만들었기에 습격자들의 감각은 일반적인 절정고수들과는 비교도 할 수 없을 정도로 낮았다.

가지고 있는 힘을 제대로 사용할 줄도 몰랐고 말이다.

제갈령령은 바로 그 점을 노렸다.

푸푸푸푹!

내공을 실을 수 있다면 좋지만 평범한 화살도 괜찮았다.

더욱이 등 뒤에서 날아오는 화살이었기에 습격자들은 속수무책으로 화살비에 당했다.

"제, 제기랄……."

"이렇게 죽을 수는 없다!"

폭우처럼 쏟아지는 화살비에 습격자들의 몸이 고슴도치처럼 변했다.

하지만 그럼에도 장한들은 유하성에게 달려가는 걸 멈추지 않았다.

폭정단을 먹은 순간부터 이미 죽음은 정해져 있었다.

그렇다면 얼마 남지 않은 이 목숨을 최대한 의미 있게 사용해야 했다.

"우리와 함께 가는 거다……!"

"같이 가자……!"

"그건 네놈들 생각이고."

웅웅웅!

불안정하게 흔들리는 장한들의 기운을 느끼며 유하성이 오른손에 진기를 집중했다.

그러고는 압축되고 압축된 기운을 한 번에 쏟아 냈다.

뻐어어엉!

하늘을 닮은 듯한 푸른 빛이 눈부시게 솟구치며 달려드는 장한들을 일제히 밀어 버렸다.

거대한 장강(掌罡)이 폭사하려는 장한들을 휩쓸어 버렸던 것이다.

퍼퍼퍼펑!

후미에 있던 장한들이 폭사하기는 했으나 효과는 없었다.

거리도 거리지만 앞서 달려가던 동료들을 덮친 장강 때문이었다.

유하성이 뿌린 일격이 그들의 폭사보다 더 강력했기에 폭발의 의미가 없었다.

더욱이 후미에 있던 이들은 고슴도치처럼 등에 화살이 빼곡히 박힌 상태였기에 운신을 제대로 할 수 없는 상황이었다.

"빌어먹을!"

"쓰벌!"

그 광경에 명령을 내리던 다섯 명이 욕을 내뱉었다.

강하다, 강하다 말은 들었지만 유하성의 무경이 저 정도일 줄은 몰라서였다.

물론 수하들의 선천지기가 계속 이어진 전투로 인해 거의 바닥났다는 걸 알고 있었지만 그럼에도 이건 말이 안 되는 신위였다.

그렇기에 다섯 명은 크게 분노하면서도 서로의 표정을 빠르게 훑었다.

스슥!

곁눈질로 서로를 훔쳐보던 다섯 명이 일제히 몸을 돌렸다.

같은 목표를 가지고 뭉치긴 했으나 그렇다고 자신을 희생할 정도로 가까운 사이는 아니었다.

때문에 다섯 명은 망설이지 않고 도주를 택했다.

이미 승패가 기울었다고 판정하고 후일을 도모하려는 것이었다.

"어딜 그리 가시나."

각기 다른 방향으로 흩어지는 다섯 명 중 한 명의 앞을 이춘상이 가로막았다.

유하성이 장정들을 상대하는 사이 그는 미리 길목을 막고 있었던 것이다.

그러면서 이춘상은 전력 질주로 흩어지는 나머지 네 명의 동선을 파악했다.

"비켜라!"

그 모습에 적의인의 얼굴이 옷처럼 시뻘겋게 변했다.

지금의 행동은 그를 무시하는 것이었기 때문이다.

"미안한데, 폭정단을 먹지 않은 당신은 딱히 위협이 되지 않아."

"끄억!"

살기등등하게 창을 내질렀지만 적의인의 공격은 허무하게 허공만 꿰뚫었다.

폭정단을 먹은 절정고수는 무섭지만 그렇지 않은 절정고수는 이춘상에게 그리 어려운 상대가 아니었다.

더욱이 적의인은 심리적으로 쫓기고 있는 상황이었기에 공격에 조급함이 담겨 있었고 이춘상은 그걸 영리하게 이용했다.

"일단 한 명."

벼락같이 파고들어 복부에 일격을 먹인 후 점혈을 한 이춘상이 몸을 돌렸다.

나머지 네 명도 처리하기 위해서였다.

"케헥!"

"꺼져! 꺼지라고!"

땅을 박차는 순간 서로 다른 두 개의 다급한 목소리가 들려왔다.

한 명은 유하성에게 일격을 맞아 비명과 함께 처참하게 바닥을 나뒹굴고 있었고, 다른 한 명은 유하성을 떨어뜨리기 위해 기를 쓰고 경신술을 펼쳤지만 시간이 갈수록 거리는 좁혀지고 있었다.

퍼펑!

그걸 본인도 알고 있는 모양인지 연막탄을 터트렸으나 결과는 달라지지 않았다.

육안으로 보이지 않아도 기척이 있었기에 유하성은 여유롭게 따라붙어 뒷덜미를 후려쳐서 기절시키고는 다른 이에게로 이동했다.

"나도 영약 먹고 싶다."

순식간에 두 명을 제압한 유하성의 모습에 이춘상이 쓴웃음을 지었다.

태청단을 먹고 정말 확 달라져서였다.

하지만 마냥 구경만 하지는 않았다.

아직 두 명이 남아 있었기에 이춘상은 유하성과는 다른 방향으로 몸을 날렸다.

"허어……."

한편 순식간에 정리된 장내의 모습에 옷 곳곳이 찢어진 제갈중이 입을 쩍 벌렸다.

등장과 동시에 상황을 종식시켜 버리자 크게 놀란 것이었다.

그리고 그건 천공대와 제갈세가의 무인들도 마찬가지였다.

보고도 믿어지지 않은 광경에 다들 석상처럼 굳어서 유하성과 이춘상의 활약을 지켜보기만 했다.

"대단하죠?"

"저 정도일 줄은 몰랐는데."

"용봉회 때보다 더 강해지신 것 같아요. 아니면 용봉회 때는 실력을 감추고 있었든가."

"등장과 함께 구룡을 밀어낸 실력자답구나."

제갈중이 허탈하게 중얼거렸다.

자신의 젊었을 적이 절로 떠올라서였다.

"근데 수련하시는 거 보면 저게 납득이 되실 거예요. 정말 엄청 노력하시거든요. 저렇게까지 해야 하나 싶으실 정도로 수련하세요."

"벌써 다 넘어간 거 같은데?"

"후후."

제갈령령의 얼굴이 붉어졌다.

자신이 선택하기는 했지만 정말 대단했다.

더구나 힘들 때 도와주러 왔기에 더더욱 고마웠다.

"근데 흠을 잡을 수가 없네. 이렇게 도와주러 왔으니."

연락은 주고받고 있었으나 따로 도와 달라고 부탁한 적은 없었다.

그럼에도 선뜻 와 주었기에 제갈중은 흠결이 있어도 말할 수가 없었다.

지금 당장은 보이지도 않았고 말이다.

"저도 놀랐어요."

"확실히 신의는 있는 모양이야."

제갈중이 의미심장하게 웃었다.

과거 유하성이 복주로 갈 때 조카가 제갈세가의 정보력을 이용해 도움을 준 걸 그도 알고 있어서였다.

"그래서 제가 선택했죠."

"여자가 너무 매달리는 것도 좋지 않다. 이미 잡은 물고기에는 소홀해지는 법이야."

"저 제갈가의 여식이에요."

"이론과 실전은 엄연히 다른 법이야."

제갈중이 피식 웃었다.

이론에는 빠삭해도 막상 실전에 들어가면 실수를 하는 게 사람이었다.

그렇기에 제갈중은 충고하듯 말했다.

자신감은 중요하지만 과한 건 좋지 않았다.

"유 공자님!"

"역시 하성이가 먼저 보이는 모양입니다. 저도 두 명 사로 잡았는데."

"그건 어쩔 수가 없죠. 그래도 이 소협께 정말 감사하고 있어요. 도와주셔서 정말 감사합니다, 이 소협."

전장을 가로질렀기에 무복과 신발이 피에 젖었지만 그럼에도 제갈령령의 기품은 사라지지 않았다.

오히려 여자의 몸으로 전장을 지휘해서 그런지 묘한 분위기를 풍겼다.

"이거 엎드려 절받는 기분이네요."

"절대 아니에요. 이 소협께 정말 감사하고 있어요. 제갈세가는 이 소협의 도움을 절대 잊지 않을 거예요."

"에이. 너무 딱딱하게 그러신다. 제갈세가와 개방은 남이 아니지 않습니까. 무당파와야 거리가 좀 있을지 모르지만요."

툭. 투둑.

생포한 세 명을 바닥에 내려놓는 유하성의 옆구리를 팔꿈치로 찌르며 이춘상이 히죽 웃었다.

그런데 이상하게 웃는 얼굴이 보기 거북했다.

"본 가는 무당파와도 좋은 관계를 유지하고 있는걸요? 안 그런가요?"

"맞습니다."

"도와주셔서 정말 감사해요, 유 공자님."

이춘상에게 감사 인사를 어느 정도 마친 제갈령령이 반짝이는 눈빛으로 입을 열었다.

말만이 아니라 진심으로 고마워하는 그녀의 표정에 유하성이 본능적으로 뒤로 한 걸음 물러났다.

제갈령령의 눈빛이 살짝 부담스러워서였다.

한데 그런 유하성을 향해 제갈령령이 슬쩍 한 걸음 다가갔다.

"도움을 받았으니 당연히 도와드려야 하지 않겠습니까."

"그게 맞는데 요즘은 그걸 지키는 사람이 드물잖아요. 도움받는 걸 당연하게 생각하는 사람들도 있고요."

"적어도 무당파는 그렇지 않습니다."

"정확하게는 유 공자님이 그런 거겠죠?"

제갈령령이 묘한 미소를 머금었다.

다른 이들은 몰라도 유하성은 믿는다는 듯이 말이다.

"흠흠!"

묘한 두 사람의 분위기에 옷매무새를 대충이나마 가다듬은 제갈중이 다가왔다.

천공대에 장내의 정리를 맡기고는 뒤늦게 다가온 것이었다.

"처음 뵙겠습니다. 무당의 유하성입니다."

"개방의 이춘상이라고 합니다."

"반갑습니다. 제갈세가의 제갈중이라고 합니다. 도와주셔서 정말 감사합니다. 두 분 덕분에 정말 큰 위기를 넘길 수 있었습니다."

제갈중은 허리를 깊숙이 숙였다.

연배는 어렸으나 배분은 그와 비슷한 게 두 사람이었다.

또한 강호는 강자일수록 존중받았기에 유하성과 이춘상은 이런 대우를 받을 자격이 충분했다.

"아닙니다. 도움을 받은 입장으로서 당연히 해야 할 일이라고 생각합니다. 오히려 늦게 와서 죄송합니다."

"절대 그렇지 않습니다. 와 주신 것만으로도 저는 정말 감사합니다."

"저도 숙부님과 같은 생각이에요. 절대 늦었다고 생각하지 않는걸요."

유하성의 말에 제갈령령이 손사래를 쳤다.

피해가 적은 건 결코 아니었으나 중요한 건 습격을 막아 냈다는 사실이었다.

만약 유하성과 이춘상이 와 주지 않았다면 전투는 지금도 끝나지 않았을 터였다.

여기 있는 대부분의 무인들이 죽어 있었을 테고.

"그리 생각해 주신다면 다행이고요. 이자들은 제갈세가에 넘기겠습니다."

"감사합니다."

제갈중의 두 눈에 살기가 어렸다.

여기 다섯 명으로 인해 죽은 가솔들만 수십 명이었다.

그렇기에 제갈중은 살기를 감추지 않았다.

"들어가서 씻으시겠어요?"

제갈중 못지않게 싸늘한 눈으로 점혈당한 다섯 명을 노려 보던 제갈령령이 표정을 바꾸며 두 사람에게 말했다.

이춘상만큼은 아니지만 유하성의 옷 곳곳에 핏자국이 묻어 있어서였다.

유하성의 피가 아니라 죽은 이들과 사로잡힌 이들의 피였지만 옷을 갈아입을 필요는 있었다.

제대로 대접하고 싶은 마음도 있었고 말이다.

"오늘 밤은 본 가에서 머물고 가시지요."

"하루 정도는 괜찮지 않겠어? 제갈세가 체면도 있는데."

"그럼 오늘 하루 신세 좀 지겠습니다."

"신세라니요. 절대 그렇지 않습니다."

제갈중이 절대 아니라는 듯이 크게 고개를 저었다.

오히려 대접할 기회를 줘서 그는 고마웠다.

유하성과 좀 더 대화를 나누고도 싶었고 말이다.

겸사겸사 조카도 도와주고.

-고마워요, 숙부!

-알면 됐다.

유하성 몰래 제갈중과 전음을 주고받으며 제갈령령이 옅게 웃었다.

그러나 그 미소는 얼마 가지 못했다.

곳곳에서 차갑게 식어 가는 가솔들의 시체를 보자 마음이 무거워졌던 것이다.

동시에 마음속으로 다짐했다.

'꼭 복수해 줄게요. 어떻게든, 무조건.'

제갈령령이 싸늘한 눈빛으로 포박되어 끌려가는 다섯 명을 노려봤다.

사천당가가 지독하기로 유명하다지만 제갈세가 역시 그에 못지않았다.

혈채는 어떻게든 받아 내는 곳이 제갈세가였다.

말끔히 씻은 제갈령령은 미리 골라 두었던 궁장을 입었다.

무려 반 시진이나 고른 궁장답게 옷은 아주 예뻤다.

"흐음."

커다란 동경(銅鏡) 앞에 선 제갈령령이 몸을 이리저리 비틀었다.

심사숙고해서 고른 옷이었으나 막상 착용하면 별로인 경우가 있어서였다.

그래서 그녀는 몇 번이고 자신의 모습을 확인했다.

"이 정도면 충분해. 너무 꾸민 티를 내도 좋지 않아."

제갈령령이 만족스러운 미소를 머금었다.

꾸몄으되 너무 꾸미지 않은 느낌이 나는 게 중요했다.

물론 예뻐 보여야 하는 건 당연했다.

자고로 남자 중에 미인을 싫어하는 이는 없었다.

똑똑똑.

"아가씨. 시간이 다 되었습니다."

"딱 맞췄네. 지금 나갈게."

"예, 아가씨."

방문을 열고 나가자 어려서부터 함께 자란 시비가 두 눈을 동그랗게 떴다.

평소와는 전혀 다른 모습에 놀란 것이었다.

"왜 그렇게 놀라?"

"어, 어······."

"많이 이상해?"

제갈령령이 옷자락을 만지작거렸다.

나름 신경 써서 고른 옷인데 시비의 반응을 보니 이상한 것 같아서였다.

피가 섞인 건 아니지만 거의 자매처럼 자라 온 이가 시비였기에 제갈령령이 살짝 걱정스러운 표정을 지었다.

"너무 아름다우세요!"

"뭐야."

언제 멍을 때렸냐는 듯이 두 눈을 반짝이며 칭찬을 하자 제갈령령이 맥 빠진 표정을 지었다.

괜히 긴장을 한 것 같아서였다.

"평소에도 이렇게 하고 다니시지."

"난 평소에도 충분히 꾸미고 다녔다고 생각하는데."

"……정말요?"

전혀 아니라는 듯이 약간의 공백을 두고 대답하는 시비의 모습에 제갈령령이 입술을 삐죽 내밀었다.

그러고는 다시 한번 옷매무새를 살폈다.

"너무 티가 나나? 난 꾸민 듯 안 꾸민 듯 하게 입은 건데."

"으음. 안 꾸몄다고 보기는 힘들 것 같아요. 그래도 너무 잘 어울리시니까 이대로 가시면 될 것 같아요."

"지금이라도 갈아입을까?"

"무슨 말씀이세요? 남자에게 명검이 필요하다면 여자에게는 옷과 장신구가 필요해요. 그러니 지금이 딱 좋아요. 이미 고백까지 한 사이시라면서요?"

"고, 고백은 아니지."

제갈령령이 얼굴을 붉혔다.

자신의 생각을 밝히긴 했으나 고백은 절대 아니었다.

"에이. 관심 있다고 대놓고 말씀하셨다면서요. 그게 고백
이죠."

"그, 그런가?"

"저는 아가씨의 결정을 지지해요. 꼭 남자가 고백해야 하
는 건 아니잖아요? 고백은 여자가 하고 청혼은 남자가 하면
되죠."

시비가 제갈령령의 옷매무새를 가다듬어 주었다.

그러면서 빠르게 머리도 정리했다.

시간만 있으면 보기 좋게 묶어 줄 텐데 아쉽게도 여유가
없었다.

"의외로 개방적이란 말이지."

"사랑은 쟁취하는 거라고 엄마에게 배웠어요."

"우리 엄마와는 반대네."

"제가 보기에 유 공자님은 아가씨의 짝으로 아주 훌륭해
요. 외모가 조금 아쉽긴 하지만, 얼굴 뜯어먹고 살 건 아니니
까요. 무인은 무공 고강하고 아내에게 잘하면 되죠. 그거면
충분해요. 영웅은 호색이라 여자를 밝힌다고 하지만 의외로
그쪽으로는 소문이 없더라고요."

"그걸 네가 어떻게 알아?"

제갈령령이 눈을 흘겼다.

본 가의 정보력이 뛰어나다고 하나 소혜하고는 아무 상관이 없었다.

그러니 소혜가 알고 있는 건 강호에 떠도는 소문 정도일 터였다.

"저도 나름 듣는 게 있다고요. 아가씨처럼 저도 제갈세가에서 태어났어요."

"그렇긴 하지."

"나름 듣는 게 있단 말이지요. 후후!"

"그래그래."

가문의 사람들에게 사랑을 많이 받는다는 것 또한 알고 있었기에 제갈령령이 실소를 흘리며 맞장구를 쳐 주었다.

유하성을 좋게 말해 줘서 내심 기분이 좋기도 했고.

"그러니까 반드시 쟁취하세요!"

"너무 욕심은 안 내려고. 차근차근 확실하게."

"이왕이면 후딱 확실하게로 가시죠!"

"막 덮쳐?"

"꺄악!"

무슨 생각을 하는 건지 소혜의 얼굴이 능금처럼 새빨갛게 달아올랐다.

금방이라도 터질 것처럼 붉어진 소혜의 얼굴에 제갈령령

은 자기도 모르게 웃음을 터트렸다.

"무슨 앙큼한 생각을 한 거야?"

"모, 몰라요!"

"이러다가 나보다 먼저 시집가는 거 아냐?"

"에이. 혼인을 혼자 하나요. 짝이 있어야 하지."

소혜가 입술을 삐죽 내밀었다.

누가 봐도 잘 안 된 표정이었다.

"헤어졌어?"

"몰라요!"

"흐흥."

성큼성큼 앞으로 걸어가는 소혜의 뒷모습을 유심히 살펴
보며 제갈령령이 발걸음을 옮겼다.

그러자 어느새 목적지에 도착했다.

"늦었구나."

"아시잖아요. 여인은 씻는 데 시간이 오래 걸린다는 걸요."

"그랬었나?"

제갈중이 천연덕스럽게 반문했다.

자신은 잘 모른다는 듯이 말이다.

그러나 제갈령령의 시선은 이미 유하성에게로 향해 있었다.

"앉으시죠."

"절 기다리고 있으셨던 건가요?"

"예. 같이 먹기로 했는데 기다려야지요."

제39장 과연 누가 대어일까?

별거 아닌 말인데 제갈령령은 이상하게 기분이 좋았다.

사소하지만 자신을 챙겨 주는 듯한 기분이 들어서였다.

근데 따라 들어온 소혜 역시 같은 생각인지 입가에 부드러운 미소를 짓고 있었다.

"앉으세요, 아가씨."

"고마워."

"별말씀을요."

소혜가 빼 준 의자에 앉은 제갈령령은 커다란 원탁을 찬찬히 살펴봤다.

온갖 산해진미가 올라와 있었는데 모두 막 가져온 모양인지 뜨거운 김이 올라오고 있었다.

"식사할까요."

"예."

제갈령령을 한 차례 살펴본 제갈중이 입을 열었다.

그러자 기다리고 있던 유하성과 이춘상이 수저를 들었다.

"맛은 괜찮으신가요?"

조용히 유하성이 잉어탕을 한 입 떠먹는 걸 지켜보던 제갈령령이 조심스럽게 물었다.

주방에 음식을 신경 써 달라고 신신당부했지만 사람 입맛이라는 게 각기 달랐기에 걱정이 되었다.

평소에 유하성이 주로 벽곡단을 먹는다는 걸 알기에 소채 볶음과 같은 채소 요리도 특별히 부탁했다.

"정갈하니 좋은데요. 간도 딱 좋습니다. 춘상이한테는 심심하겠지만요."

"왜? 나도 담백한 거 좋아해. 늘 달고 짠 음식만 먹지는 않는다고."

"술 끊는다고 단거 엄청 찾지 않았었나?"

"한때 그랬었지. 후르릅!"

이춘상은 부정하지 않았다.

굳이 사실을 부정할 필요는 없어서였다.

그런데 신기하게도 말을 저렇게 하면서도 음식을 끊임없이 먹었다.

"천천히 먹어. 음식도 많은데."

"우걱우걱. 근데 저한테는 안 물어보시네요?"

"음식은 입에 좀 맞으세요?"

제갈령령이 싱긋 웃었다.

말만 들으면 관심을 요구하고 질투하는 것 같지만 실상은
달랐다.

이춘상 덕분에 분위기가 무겁지 않게 유지되었기에 제갈
령령은 부드럽게 웃으며 물었다.

"완전 맛있습니다. 용봉회 때 먹은 것보다 훨씬 맛있어
요."

"도문이랑 속세의 가문이랑 비교하면 되냐."

"근데 사실이니까."

"넌 알아서 사냥해서 잘 먹었잖아."

유하성이 실소를 흘렸다.

용봉회 때도 걸신들린 것처럼 먹어서였다.

"난 어디서나 원래 잘 먹어. 복스럽게 먹는 게 내 장점 중
하나지."

"부족한 음식이 있으면 편하게 말씀해 주세요. 다 넉넉히
준비하라고 일렀거든요."

"오오! 그럼 요거, 저거, 이거 부탁드리겠습니다."

"소혜야?"

"지금 바로 가져올게요."

기다렸다는 듯이 손가락으로 지목하는 이춘상의 말에 제

갈령령이 당황하지 않고 소혜에게 지시를 내렸다.

애초에 이춘상의 먹성에 대해 알고 있었기에 음식은 충분히 준비가 되어 있었다.

스윽.

폭식하는 게 아닐까 싶을 정도로 무시무시한 속도로 음식을 입안에 쑤셔 넣는 이춘상을 일별한 제갈령령은 품속에서 작게 접힌 서찰 하나를 꺼내서 유하성에게 내밀었다.

그러자 젓가락으로 오리구이를 작게 찢어서 자신의 그릇에 가져가던 유하성이 의아한 표정을 지었다.

"무당파의 현재 상황에 대해서 궁금해하실 것 같아서요. 이 소협이 계시지만 오늘 일도 있고 해서 제가 알아봤어요. 시간차가 좀 있어 세 시진 정도 전의 상황이에요."

"신경 써 주셔서 감사합니다."

"감사하긴요. 오히려 제가 감사한걸요. 만약 유 공자님과 이 소협이 와 주시지 않았다면 전 이렇게 편안하게 식사를 하고 있지 못했을 거예요."

"맞습니다."

조용히 식사를 하며 분위기를 살피던 제갈중이 시기적절하게 맞장구를 쳤다.

만약 두 사람이 와 주지 않았다면 결과는 상상도 하기 싫었다.

어찌어찌 막아 내기는 했겠지만 피해가 엄청났을 터였다.

동시에 제갈중은 고수라는 존재가 얼마나 대단한지, 제갈세가에 얼마나 필요한지 새삼 느꼈다.

'천하십대고수에 견줄 수는 없겠지만 그 바로 아래 정도는 될지도 모른다.'

무림에 고수는 많았다.

하지만 천하를 호령하는 고수들은 극소수였다.

괜히 천하십대고수들을 경외하는 게 아니었다.

그리고 제갈중이 보기에 유하성은 또래 중 가장 빠르게 정점의 자리에 올라갈 것 같았다.

'령령이가 남자 보는 눈이 있어.'

조카를 보며 제갈중이 흐뭇하게 웃었다.

마냥 어리기만 한 줄 알았는데 지금 보니 진짜 다 컸다는 생각이 들었다.

그리고 유하성이라면 그도 환영이었다.

강호의 평판은 물론이고 신의를 지킬 줄 아는 무인이라면 더할 나위 없이 좋았다.

"내일 아침에 출발하실 거죠?"

"예. 아무래도 본산을 오래 비워 둘 수 없는 상황이라."

"그런데도 와 주셔서 정말 고마워요."

"선의에는 선의로 갚는 게 예의지 않겠습니까. 그러니 이제 그만 말씀하시죠."

"너무 과하면 좋지 않은 법이긴 하죠. 호호."

제갈령령이 화사하게 웃으며 고개를 끄덕였다.

부담스러워하는 마음도 이해는 되어서였다.

하지만 그녀는 진심으로 유하성에게 고마웠다.

몇십 번을 말해도 그 마음은 옅어지지 않을 터였다.

스윽.

배도 어느 정도 차고 분위기도 무르익자 유하성은 품속에서 미리 준비한 물건을 꺼냈다.

그러자 제갈령령과 제갈중의 두 눈이 휘둥그레졌다.

보는 순간 무엇인지 두 사람은 알아봤던 것이다.

반면에 이춘상은 이미 알고 있었기에 먹는 것에만 집중했다.

"그, 그건……."

"이번에 얻은 두 개 중에 하나입니다."

"역시 나머지 둘도 가지고 있었네요. 그런데 그 말씀은?"

"하나는 제가 따로 생각한 곳이 있어 드릴 수 없지만 이건 괜찮습니다."

제갈령령은 곧바로 대답하지 않았다.

마음 같아서는 저 화탄을 받아서 당장 연구하고 싶었다.

아니, 연구를 하지 않더라도 화탄 자체가 하나의 무기인 만큼 가지고 있어서 나쁠 건 전혀 없었다.

다만 말을 아끼는 이유는 염치가 없어서였다.

"흠흠!"

그건 제갈중 역시 마찬가지였기에 선뜻 입을 열지 못했다.

구명지은이나 마찬가지인 도움을 받았는데 화탄까지 받는 건 너무 염치가 없는 것 같아서였다.

그러나 두 눈동자에는 갖고 싶다는 마음이 꿈틀거렸다.

"받으셔도 됩니다. 잃은 게 있다면 얻는 것도 있어야 하지 않겠습니까."

"하오나……."

"제갈세가를 위해서이기도 하지만 중원수호맹을 위해서이기도 합니다. 제갈세가라면 사천당가보다 더 잘 연구할 수 있을 거라 생각합니다."

"음!"

사천당가도 기관진식에 일가견이 있지만 그 이상인 곳이 제갈세가였다.

야장 쪽에 강점을 가진 사천당가와 달리 제갈세가는 다양한 기술자들이 모여 있어서였다.

그들이 매일같이 연구를 하고 있었기에 전체적인 수준은 제갈세가가 한 수 위였다.

대신 사천당가는 뛰어난 독술과 의술을 가지고 있었고.

"다른 가문들은 몰라도 제갈세가는 이걸 잘 활용할 수 있을 거라고 생각합니다."

"그건 맞아요."

"그러니 드리는 겁니다. 부담스럽다면 일종의 빚이라고

생각해 주시길. 나중에 무당파를 한번 도와주십시오."

"무당파보다는 유 공자님을 도와드리는 게 맞을 것 같아요."

제갈령령이 단호하게 고개를 저었다.

오늘 제갈세가를 도운 건 무당파라기보다는 유하성이었다.

그렇기에 제갈령령은 명확하게 선을 그었다.

여기에 하나를 더 추가한다면 이춘상이었지 무당파는 아니었다.

"그럼 두 곳 다 도와주시지요."

"순식간에 두 개로 늘어났네요. 이거 사기당한 느낌인데요? 혹시 노리신 건가요?"

"그렇게 느끼셨다면 둘 중 하나를 나중에 선택하셔도 됩니다."

분위기가 너무 딱딱해졌다고 느낀 모양인지 제갈령령이 농담하듯 웃으며 말했다.

그 모습에 유하성도 적당히 맞장구를 쳐 주었다.

"아니에요. 천금을 줘도 구할 수 없는 게 벽력문의 화탄인데요. 당연히 되지요. 숙부께서 안 된다면 제가 따로 도와드릴게요."

"난 안 된다고 말한 적 없다."

제갈중이 황급히 입을 열었다.

그는 절대로 안 된다고 말하지도, 말한 적도 없었다.

스으윽.

그 말에 유하성은 옅게 웃으며 제갈령령을 향해 목궤를 밀었다.

원탁이 커서 두 사람 간의 거리가 꽤 되었기에 유하성은 무형지기를 이용해 천천히 그녀에게 보냈다.

"감사히 받을게요. 그리고 꼭 믿음에 보답할게요."

"잘 부탁드립니다."

"네."

제갈령령이 살포시 웃었다.

그러고는 유하성이 준 목궤를 두 손으로 맞잡았다.

마치 선물처럼 말이다.

"아. 바쁜 일정이었어."

울퉁불퉁한 산길을 걸으며 이춘상이 기지개를 켰다.

며칠 동안 호북성 곳곳을 뛰어다닌 것과 마찬가지였기에 몸이 찌뿌둥했다.

물론 보람은 있었지만 피곤한 건 어쩔 수 없었다.

"살짝 무리하기는 했지."

"아니거든? 그냥 몸이 좀 무거운 거지 무리한 건 전혀 아니거든? 나도 이제 체력으로는 너한테 크게 안 밀릴걸?”

“그래그래.”

“진짜라니까? 내일 정오 지나면 무당산에 도착하니까 한 번 제대로 체력 대결 해 볼까? 이제는 나도 자신 있단 말씀!”

이춘상이 자신만만하게 소리쳤다.

예전에는 유하성의 체력 훈련을 반도 따라가지 못했지만 지금은 달랐다.

각고의 노력 끝에 원상과 원호를 제치고 유하성의 턱밑까지 추격한 그였다.

때문에 이제는 크게 차이가 나지 않을 거라 생각했다.

“그것도 재미있겠네.”

“내가 그동안 흘린 땀과 노력의 결과를 보여 주지! 흐흐흐!”

“아직은 좀 이른 것 같지만.”

“길고 짧은 건 붙어 봐야 아는 법이지! 응?”

진짜 자신 있다는 얼굴로 히죽 웃던 이춘상이 갑자기 고개를 갸웃거렸다.

멀지 않은 곳에서 느닷없이 두 개의 기척이 느껴져서였다.

일부러 흘린 듯한 기척에 이춘상의 얼굴에서 장난기가 싹 가셨다.

“아무래도 우리를 기다렸던 듯한데.”

“내가 느끼기에도.”

무당
패왕

이춘상이 고개를 주억거렸다.

아무리 생각해도 일부러 기척을 흘렸다고밖에는 생각되지 않아서였다.

물론 이 길이 균현하고 이어졌다고 하나 아는 이는 그리 많지 않았다.

대규모의 상단이나 표국은 폭이 좁아 이동할 수 없었고 말이다.

"마냥 얻어맞기만 할 거라 생각하진 않았잖아?"

"그렇지. 근데 이렇게 우리 경로를 정확히 알고 있을 줄이야."

다가오라는 듯이 가만히 서 있는 두 개의 기척을 느끼며 유하성이 발걸음을 옮겼다.

아무렇지 않다는 듯이 계속 걸어갔던 것이다.

반면에 이춘상의 표정은 그리 좋지 않았다.

이번 일로 다시 한번 번천회의 역량을 알 수 있어서였다.

'우리 애들을 쫙 깔아 놨는데도 들키지 않고 여기까지 왔단 말이지. 그것도 단 두 명이서.'

흐릿하지만 이춘상은 분명하게 느낄 수 있었다.

앞을 가로막고 있는 인원이 정확히 두 명이라는 사실을 말이다.

동시에 왜 두 명인지도 그는 눈치챘다.

일정 숫자 이상이면 개방의 눈을 피할 수 없기에 정말 최소한의 인원으로만 이동한 것이었다.

"역시 자신감이 대단해. 망설이지 않고 곧장 온 걸 보면."

"철기방이나 벽력문, 일독문, 산적, 수적 같지는 않은데. 숨어 있는 다섯 곳 중 하나인가?"

길목을 막고 있던 두 명을 바라보며 유하성이 물었다.

딱 봐도 밝혀진 다섯 곳의 소속으로는 보이지 않아서였다.

"확실히 그 다섯 곳은 특징이 명확하기는 하지."

"녹림십팔채가 가장 먼저 찾아올 줄 알았는데."

"호오. 이렇게 찾아올 줄 알았나?"

"각개격파 하기 딱 좋으니까."

입을 열었던 중년인의 눈동자에 이채가 떠올랐다.

당황하지 않아서 신기했는데 보아하니 그 이유가 있었다.

예상하고 있었기에 당황하지 않은 것이었다.

"놀랍군. 거기까지 생각하고 있을 줄은 몰랐는데."

"진짜 이렇게 찾아올 줄은 몰랐지만."

"하하하하!"

유하성과 또래로 보이는 이가 크게 웃었다.

자신만만한 태도에 웃음이 절로 나왔던 것이다.

그리고 찾아오길 잘했다는 생각이 들었다.

"늘 우르르 몰려다니기에 가능성이 희박하다고 생각했는데 말이지."

"그건 실력이 없는 녀석들이나 패거리를 끌고 다니는 거고. 난 다르지."

"흐음. 그래?"

유하성이 의미심장한 표정으로 반문했다.

너에게 그만한 실력이 있느냐고 묻는 듯한 표정이었다.

하지만 유하성의 도발에도 중년인의 얼굴에서는 여유가 가시지 않았다.

유하성과 마찬가지로 그 역시 자신의 실력에 자신이 있어서였다.

"그건 겨뤄 보면 알겠지."

"이 대 이니 자연스럽게 상대가 정해진 건가? 난 노물은 싫은데."

자신감 넘치는 중년인의 말에 이춘상이 불만스러운 표정을 지었다.

유하성은 또래와 겨루는데 그의 상대는 육십 대 노인이어서였다.

물론 관리를 잘했는지 청년 못지않게 육신이 탄탄해 보였지만 그래도 이춘상은 마음에 들지 않았다.

"개방의 후개가 강호의 격언을 모르는 모양이군. 무림에서는 아이와 여자, 노인을 조심해야 한다는 걸."

"모를 리가. 자신이 있으니까 이렇게 말한 거지. 아, 폭정단을 먹으면 달라지려나?"

도발에는 도발로 이춘상이 응수했다.

유하성에게 자주 말려서 그렇지 그의 입심은 어디 가서 절대 꿀릴 수준이 아니었다.

그렇기에 이춘상이 눈가를 씰룩이며 말했다.

"폭정단이라. 벌써라고 해야 하나, 역시라고 해야 하나. 근데 걱정할 필요 없다. 폭정단은 약한 녀석들이나 먹는 거니까."

후우우웅.

분위기가 일순 달라졌다.

말없이 서 있던 노인에게서 묵직한 기파가 흘러나왔던 것이다.

육안으로 보이지는 않지만 피부로 느껴지는 강렬한 기파에 이춘상이 재미있다는 표정을 지었다.

"그럼 화탄은? 아, 진천뢰라고 말해야 하나?"

"후후."

도발하듯 물어 오는 이춘상의 모습에 중년인이 실소를 흘렸다.

얄은수가 너무 훤히 보여서였다.

"있으면 나도 말해 주려고. 여기에도 하나 있다고 말이지."

이춘상이 얄밉게 웃으며 품속에서 작은 목궤를 슬쩍 보여 주었다.

아주 조금만 보여 주었는데 이 정도만 해도 무엇인지 알아보기에는 충분했다.

"시끄러운 놈이로고."

그 모습에 노인이 처음으로 입을 열었다.

개방의 후개가 말이 많다는 건 익히 들었지만 이 정도일 줄은 몰라서였다.

거기다 어쭙잖게 도발까지 하자 노인은 얼굴 가득 못마땅한 표정을 지었다.

"조심하라고. 자칫 잘못하면, 알지? 꽝!"

장난기 가득한 얼굴로 이춘상이 너스레를 떨었다.

하지만 두 눈은 조금도 웃고 있지 않았다.

"심리전을 펼치고 싶은 모양인데, 소용없는 짓이다. 결국 무력 앞에는 모든 게 무너지는 법이니까. 추노."

"예, 공자님."

"알아서 처리해."

"존명."

추노라 불린 노인이 비릿하게 웃으며 이춘상에게 다가갔다.

방금 전에 보여 준 진천뢰는 자신에게 아무런 위협이 되지 않는다는 듯이 말이다.

그러나 이춘상 역시 이 귀한 진천뢰를 여기서 사용할 생각은 없었다.

다만 이쪽에도 진천뢰가 있다는 걸 알려 주고 싶었다.

'머리를 복잡하게 만드는 것만으로도 충분하니까!'

쩌어엉!

추노라 불린 노인의 수강을 맞받아치며 이춘상이 단전의 공력을 가일층 끌어올렸다.

"친구 걱정이 안 되나 봐?"

"이제는 좀 믿을 만해서."

"그래? 내가 보기에는 안 그런 거 같은데."

중년인이 피식 웃었다.

분명 이춘상은 나이대에 비하면 확실히 뛰어난 실력을 갖추고 있었다.

그러나 상대가 나빴다.

세간에 알려지지 않아서 그렇지 추노의 실력은 천하십대고수를 제외하면 누구도 위라고 할 수 없을 정도로 강했다.

"대화가 목적인가? 그럴 거라고는 생각 못 했는데."

"아아. 개인적으로 정말 보고 싶었거든. 대체 어디서 이런 인물이 나왔을까. 그리고 무슨 배짱으로 이렇게 움직일까. 거기다 무당산이 습격까지 당했는데 허를 찌르듯 호북성 곳곳을 돌아다니니까."

"안 좋은 싹은 자라나기 전에 뽑아 버리는 게 가장 좋으니까."

"맞아. 그래서 나도 직접 왔지. 또래가 믿기지 않은 무위를 보여 준다고 해서 궁금했거든. 어느 정도일지, 나와 붙어 볼 만한 자격은 있는지."

중년인의 시선이 유하성을 낱낱이 해부할 것처럼 전신을 훑었다.

하지만 그런 그의 시선에도 유하성의 표정은 담담했다.

"신기하군. 나와 같은 생각을 해서."

"하하하! 역시 배짱이 두둑해. 그런데 그래서 아주 흡족해. 헛걸음을 하지는 않은 것 같아서 말이지."

"말이 많아."

"이런, 미안하군. 역시 무인은 무공으로 대화하는 법인데 말이지."

느물거리는 말투와 함께 중년인이 피풍의를 벗었다.

그런데 체격과 달리 중년인의 체형은 상당히 말랐다.

골격은 크지만 살이 덜 붙어 있는 느낌이라고나 할까.

그래서 더 비쩍 말라 보였다.

'근육이, 없어?'

위풍당당하게 피풍의를 벗어젖히는 중년인을 본 유하성의 두 눈에 의아함이 떠올랐다.

풍기는 존재감에 비해 육신이 너무 보잘것없어서였다.

백면서생이라고 해도 과언이 아닐 정도로 단련된 흔적이

전혀 보이지 않는 육체에 유하성의 미간이 좁혀질 때 중년인이 땅을 박찼다.

파파팡!

대기가 밀리는 파공성과 함께 중년인의 손에서 거력이 꿈틀거렸다.

태산조차 짓뭉개 버릴 정도의 무시무시한 기운이 중년인의 손아귀에서 일렁였던 것이다.

"어디 권패라 불리는 무인의 실력을 봐 볼까."

꽈아아앙!

집채만 한 장강이 유하성이 있던 자리를 찍었다.

거대한 강기로 망치질을 하듯 그냥 내려찍었던 것이다.

그로 인해 지진이라도 난 것처럼 지축이 뒤흔들렸다.

어마어마한 기운만큼이나 파괴력이 무시무시했다.

꽈앙! 콰쾅!

그런데 중년인은 그걸 쉬지 않고 휘둘렀다.

심지어 하나가 아니라 양손으로 펼쳤다.

무지막지한 내공이 소모될 게 분명할 텐데도 중년인의 표정은 평온했다.

'저게 가능한가?'

그 모습을 보며 유하성이 눈썹을 모았다.

나이를 생각하면 절대 불가능한 걸 중년인이 보여 주어서였다.

물론 태어날 때부터 영약을 밥처럼 먹으면 가능할지도 몰랐다.

그러나 문제는 영약이 준비되었다고 해도 육체가 감당할 수 있느냐였다.

"이거 실망인데! 천하의 권패가 정면 승부를 피하고 도망치기만 한다니!"

계속해서 회피하는 유하성의 모습에 중년인이 이죽거렸다.

그러나 그의 두 눈은 활처럼 휘어져 있었다.

강호에서 무명 높은 유하성이, 그것도 총표파자의 제자를 가볍게 때려잡았던 유하성이 도망만 다니자 기분이 좋아졌던 것이다.

물론 애초에 그는 그 얼간이와 자신을 동일선상에 놓지 않았었다.

하지만 아주 조금은 인정했었다.

자신보다는 못하지만 그래도 구룡 정도는 가볍게 씹어 먹을 정도의 재능과 실력을 가지고 있었으니까.

"크큭! 미리 말해 두는데, 내 내공이 바닥나길 기다리는 거면 헛짓거리 하는 거다."

쑤아아앙!

괴소와 함께 피를 머금은 것 같은 거대한 장인(掌印)이 쇄도했다.

본 적은 없지만 포달랍궁의 밀종대수인이 떠오르는 거대한 강기에 유하성이 유려하게 태극신보를 밟았다.

그러자 그의 신형이 미끄러지듯이 좌측으로 움직였다.

중년인과의 간격을 유지하며 반원을 그리듯 이동했던 것이다.

"크크크!"

그 모습에 중년인이 붉게 충혈된 두 눈을 번뜩이며 오른팔을 거칠게 휘둘렀다.

무지막지한 힘으로 뻗어 나가던 장강의 궤적을 비튼 것이었다.

콰콰콰쾅!

진기를 아낄 생각이 전혀 없다는 듯이 거대한 장강은 바위며 나무며 가리지 않고 모조리 휩쓸며 유하성에게 날아왔다.

어디든 무조건 쫓아가겠다는 의지가 느껴지는 장강에 유하성은 속으로 실소가 흘러나왔다.

누구는 공력이 없어 어떻게든 아끼고 효율적으로 사용하려고 수없이 많은 날들을 궁리했는데 중년인은 내공이 넘쳐 주체를 하지 못하고 있었다.

'근육이 없는 게 아니라 단련을 안 한 것이었어. 그럴 필요가 없으니까.'

효율 따위는 개나 줘 버리라는 듯이 중년인의 내공 운용은 투박하기 그지없었다.

아니, 효율에 대해서 단 한 번도 생각하지 않은 느낌이었다.

하지만 그렇기에 유하성은 긴장이 됐다.

이럼에도 살아 있다는 건 지금까지 덤벼드는 적들을 죽이고 살아남았다는 걸 뜻해서였다.

"마음껏 도망 다녀 봐! 언제까지고 쫓아가 줄 테니까!"

반격도 없이 내내 피하기만 하는 유하성의 모습에 중년인이 기고만장한 얼굴로 소리쳤다.

힘의 격차를 느끼고 꼬리를 만 것처럼 보여서였다.

하지만 그건 중년인의 생각이었다.

쫘아아앙!

일순 꽹음이 터져 나왔다.

회피만 하던 유하성이 처음으로 장강을 향해 일권을 내지른 것이었다.

푸른빛을 머금은 권강이 저돌적으로 밀고 들어오는 장강과 충돌하자 거대한 폭발이 일어났다.

"으헉!"

"흡!"

폭발도 폭발이지만 묵직한 후폭풍으로 인해 이춘상과 추노가 반대로 밀려 났다.

균형을 잡기 힘들 정도로 지축이 뒤흔들리자 후폭풍에 밀린 것이었다.

거기다 일부러 바람에 몸을 맡긴 것도 있었다.

각자 유하성과 중년인의 상태를 확인하기 위해서.

"이제야 제대로 맞붙을 생각이 든 건가?"

짙은 먼지구름 사이로 여유 가득한 중년인의 음성이 들려왔다.

거대한 폭발에도 그는 멀쩡했던 것이다.

그 목소리에 추노의 얼굴에 미소가 맺혔다.

당연히 멀쩡할 거라 생각하긴 했지만 중년인의 말을 들으니 확실하게 안심이 되었다.

"어. 이 정도면 충분히 봤거든. 근데 어느 문파인지 알 수가 없네. 예전에 멸문한 문파이거나 아니면 비밀 문파 같은데 뭐 됐어. 나머지는 직접 물어보면 되니까."

"크하하하!"

겨우 한 번을 막아 낸 주제에 건방을 떠는 유하성의 모습에 중년인이 파안대소를 터트렸다.

그래서 그는 남아 있는 반대쪽 장강을 유하성에게 뿌렸다.

적당히 휘둘렀던 지금까지와는 달리 빠른 속도로 말이다.

"나도 미리 말해 두는데, 너에게 나는 상극이다."

터엉!

놀라운 일이 벌어졌다.

힘 대 힘으로 박살 냈던 방금 전과 달리 유하성은 쇄도하는 일 장 크기의 장강을 부드럽게 흘려 냈다.

덮쳐 오는 장강의 궤적을 비틀어 스쳐 지나가게 만들었던 것이다.

쉬이익!

그와 동시에 유하성의 신형이 사라졌다.

"흥!"

순간적으로 육안에서 벗어났지만 중년인은 당황하지 않았다.

보통의 사람은 시각에 대부분의 감각을 의지하지만 어느 정도 수준 이상 되는 무인들은 달랐다.

시각뿐만 아니라 청각과 촉각도 예민했을뿐더러 기감이 발달했기에 유하성의 움직임 정도는 충분히 파악할 수 있었다.

그래서 중년인은 유하성이 자신을 향해 일직선으로 쇄도하고 있음을 알아차렸다.

우우웅!

유하성의 위치를 파악함과 동시에 중년인의 앞으로 일 장이 훌쩍 넘는 거대한 주먹이 솟구쳤다.

지금까지는 간보기였다는 듯이 장강보다 더 큰 권강을 생성했던 것이다.

그걸 중년인은 그대로 유하성을 향해 내질렀다.

쑤아아앙!

크기가 거대해서 그런지 파공음도 무시무시했다.

대기를 밀어 버리는 듯한 파공성과 함께 거대한 권강이 유하성에게 쇄도했다.

단숨에 뭉개 버리겠다는 듯이 말이다.

그런데 벼락같이 뻗어 오는 거대한 권강을 보고도 유하성은 웃었다.

터어엉!

보는 이의 기가 질릴 정도로 압도적인 크기와 위력, 기운을 품고 있었으나 유하성의 눈에는 보였다.

권강의 형상을 이루고는 있었으나 아직 어설픈 내공 운용이 말이다.

만약 어쭙잖은 절정고수였다면 보는 순간 위압감에 압도당했겠지만 유하성은 달랐다.

중년인의 약점이 한눈에 보였기에 망설이지 않고 달려들었고, 그 자신감의 결과를 보여 주었다.

"이익!"

그리고 그걸 중년인도 눈치챘다.

유하성이 그의 약점을 정확히 파악해서 권강을 흘려 내고 있음을 말이다.

비록 그에 비해 보유하고 있는 공력은 부족할지 모르나 기술적으로는 유하성이 훨씬 위였다.

더욱이 사량발천근과 이화접목의 수는 유하성의 특기였다.

꽈앙! 꽝!

물론 그렇다고 해서 중년인이 단숨에 밀리지는 않았다.

유하성의 수준이 생각했던 것보다 훨씬 더 뛰어난 건 사실이었다.

그러나 중요한 건 딱 저 정도뿐이라는 사실이었다.

잘 피하고 흘려 내고 있었으나 그를 공격하지는 못했다.

꽈과과광!

그렇기에 중년인은 다시 여유를 되찾고서 쉴 새 없이 장강을 내질렀다.

흘리고 피해 낸다면 맞을 때까지 쏟아부으면 될 일이었다.

스스스슥!

폭풍처럼 휘몰아치는 중년인의 공격에 유하성의 신형 역시 끊임없이 움직였다.

이형환위를 연속적으로 펼치며 중년인의 공격을 완벽하게 피해 냈던 것이다.

닿을 듯 말 듯 한 절묘한 움직임에 중년인의 입술이 비틀렸다.

맞을 것 같은데 절묘하게 피해 내서였다.

"그럼 이것도 한번 피해 보시지!"

그 모습에 중년인이 두 손을 활짝 폈다.

이대로는 유하성에게 제대로 된 한 방을 먹이기가 힘들 것 같아서였다.

자존심이 살짝 상했지만 그는 인정했다.

사실 이 정도도 못 해 주면 그가 여기까지 직접 찾아온 보람이 없었다.

피피피핑!

활짝 펼쳐진 중년인의 십지(十指)에서 수십, 수백 개의 지강(指罡)이 속사포처럼 뿜어져 나왔다.

한여름에 내리는 폭우처럼 무시무시한 기세로 허공을 꿰뚫었던 것이다.

그리고 그 지강들은 전부 다 유하성을 향해 뻗어 나갔다.

하나같이 무시무시한 파공성을 터트리며 유하성을 단숨에 관통할 듯이 쇄도했던 것이다.

"흠."

점의 형태임에도 허공을 빼곡하게 채우는 수백 개의 지강들을 보며 유하성은 멈춰 섰다.

이런 공격은 피하기가 까다로워서였다.

허공이 비어 있었지만 유하성은 알았다.

몸을 날리는 순간 지금과 똑같은 상황이 벌어지리라는 것을 말이다.

'아마도 그걸 노리고 있겠지.'

허공을 가득 채운 지강들로 인해 중년인의 모습이 보이지 않았지만 유하성은 짐작할 수 있었다.

함정을 파 놓고 기다리는 사냥꾼의 심정으로 중년인이 자신의 움직임을 주시하고 있음을 말이다.

그러나 길이 꼭 허공만 있는 건 아니었다.

'이제 슬슬 시작할 때이기도 하지.'

유하성은 이쪽을 주시하고 있는 두 쌍의 시선을 느꼈다.

하나는 친구인 이춘상의 것이었고 나머지 하나는 추노라 불린 노인의 것이었는데 시선에 적의가 가득했다.

반드시 죽으라고 말하는 듯한 시선에 유하성은 피식 웃으며 왼손의 손등에 공력을 집중했다.

그러고는 퍼부어지는 지강들 사이로 달려들었다.

터터터텅!

정면으로 돌진하자 손등에서부터 생성된 반구형의 호신강기가 중년인의 지강들을 튕겨 냈다.

이번에는 피하지 않고 정면 대결을 선택했던 것이다.

"걸렸구나!"

무차별적으로 지강을 쏟아 내던 중년인이 그 소리에 반색했다.

지금 들려오는 소리는 유하성의 움직임이 봉쇄되었다는 뜻이었기 때문이다.

그래서 그는 왼손으로는 계속 지강을 퍼부으면서 오른손으로는 다시 한번 거대한 수강을 일으켰다.

더는 도망치지 못하도록 단숨에 잡아 으깨 버릴 작정이었다.

스윽.

하지만 그는 몰랐다.

유하성이 그의 생각을 모조리 간파하고 있다는 사실을 말이다.

꽝!

조그마한 집은 단숨에 움켜잡을 수 있을 정도로 거대한 수강이 산산조각 났다.

유하성의 일권에 너무나 허무하게 박살 났던 것이다.

"감히!"

그러자 중년인이 노성을 터트렸다.

회심의 일격이 시도도 하기 전에 산산조각 나자 자존심에 금이 갔던 것이다.

아니, 정확하게는 허접해 보이는 권강에 자신의 수강이 밀렸다는 게 자존심이 상했다.

웅웅웅웅!

그래서 중년인은 공력을 가일층 끌어올렸다.

이 정도로 부족하다면 더 많은 진기를 집어넣으면 되었다.

어차피 공력은 많았기에 중년인은 아끼지 않고 수강에 쏟아부었다.

쑤아아앙!

그 결과 무려 이 장에 달하는 거대한 수강이 만들어졌다.

중년인은 그걸 그대로 유하성에게 내질렀다.

"소용없다니까."

창졸간에 생성된 거대한 수강이었으나 유하성의 표정은 담담했다.

크기만 커졌을 뿐 달라진 게 없어서였다.

본래 가지고 있던 약점은 그대로였기에 유하성은 머리 위로 떨어져 내리는 거대한 손바닥을 향해 주먹을 내질렀다.

쩌저저적!

"어째서!"

거대한 수강에 비하면 유하성의 권강은 초라하기 그지없었다.

그의 수강처럼 커다랗지도, 압도적인 위압감을 풍기지도 않았다.

한데 그 초라한 권강에 자신의 수강이 부서지자 중년인은 믿을 수가 없었다.

유하성을 찍어 눌러도 모자랄 판에 오히려 균열이 가며 부서지는 광경에 중년인이 악을 썼다.

"말했잖아. 소용없다고."

"인정할 수 없다!"

쿠아아앙!

중년인의 전신을 강기가 뒤덮었다.

공력이 얼마나 많은지 전신을 감싼 강기가 불꽃처럼 이글이글 타올랐다.

그중 하나가 중년인의 손짓에 따라 유하성에게 섬전처럼 쇄도했다.

마치 검강처럼 날카롭게 파고들었던 것이다.

쩌엉!

그러나 전력을 다한 일격에도 결과는 달라지지 않았다.

주먹을 겨우 감싼 권강에 중년인의 강기는 나무젓가락처럼 무기력하게 부러졌다.

"이익!"

자신의 강기가 속절없이 부러지는 광경에 중년인의 얼굴이 시뻘겋게 달아올랐다.

하잘것없는 권강에 자신의 강기가 부서진다는 게 그는 이해가 되지 않았다.

쌔애액!

그래서 그는 더더욱 강한 힘으로 유하성을 몰아붙였다.

두 손을 수도(手刀) 모양으로 만들어서는 난자하듯 휘둘렀다.

"소용없는 짓이라니까."

쩌적! 쩌저적!

그러나 아무리 더 많은 진기를 쏟아부어도 결과는 달라지지 않았다.

팔뚝은커녕 두 손을 감싸고 있는 수강만으로 유하성은 중년인의 공격을 정면으로 파쇄하며 다가왔다.

철저하게 회피하던 조금 전과 달리 우직하게 정면을 고집하며 거리를 좁혔던 것이다.

"죽어! 죽으라고!"

그런 유하성의 모습에 중년인이 이성을 잃은 듯 괴성을 지르며 마구잡이로 강기를 쏟아 냈다.

방금 전까지는 그래도 어설프긴 해도 초식이라고 부를 만했는데 지금은 달랐다.

어린아이가 마구잡이로 힘을 쓰는 것처럼 강기를 휘둘렀다.

쩌적! 뜨드득!

"말했지? 나는 너한테 상극이라고."

어느새 중년인의 코앞까지 다가온 유하성이 무미건조한 목소리로 말했다.

긴장감이라고는 전혀 없는, 마치 너 따위는 상대도 안 된다는 듯한 말투와 표정에 중년인이 모든 힘을 폭발시켰다.

공격은 통하지 않더라도 유하성의 공력 정도로는 자신의 두꺼운 호신강기를 뚫지 못할 게 분명해서였다.

그리고 호신강기를 꼭 방어용으로만 사용하라는 법은 없었다.

"누가 이기나 해보자고!"

극도로 흥분한 상태임에도 중년인은 본능적으로 알아차렸다.

유하성이 최소한으로 강기를 유지하는 이유를 말이다.

때문에 그는 장기전으로 가면 자신이 무조건 이긴다고 생각했다.

물론 이런 방식은 그가 선호하는 방식은 아니었으나 중요한 건 승리한다는 사실이었다.

"아직도 정신 못 차렸네."

"어?"

쩌저적.

호신강기를 극성으로 일으킨 채로 유하성에게 돌진하던 중년인의 두 눈이 화등잔만 하게 커졌다.

전력을 다해 펼친 호신강기가 너무나 쉽게 막혀서였다.

압도적인 힘으로 밀어 버리려고 했는데 유하성은 막는 걸 넘어 그의 호신강기에 균열을 만들었다.

예의 초라하기 짝이 없는 푸른빛 수강으로 말이다.

쩌저저적!

두부 으깨듯이 너무나 쉽게 호신강기를 뭉개며 파고드는 유하성의 손아귀에 중년인의 동공이 흔들렸다.

상상조차 못 한 광경에 당황한 것이었다.

그러나 유하성은 중년인이 그러거나 말거나 개의치 않았다.

"소문주님!"

하지만 추노는 달랐다.

중년인이 멍하니 있던 순간 누구보다 먼저 움직였다.

이대로 가다간 중년인이 당한다는 걸 본능적으로 느끼고는 두 사람에게 쇄도했던 것이다.

쌔애액!

그뿐만 아니라 수도로 날카로운 강기를 일으켜서는 유하성을 향해 휘둘렀다.

둘을 떨어뜨리기보다는 유하성을 공격해 밀어 내려는 것이었다.

거기에 추노는 한 가지를 더 사용했다.

혹시 몰라 챙겨 온 진천뢰를 은밀하게 던졌던 것이다.

꽈아아앙!

묵직한 진동과 함께 폭발과 먼지구름이 일어났다.

자연스럽게 시야를 가리자 추노는 중년인을 붙잡고서 그대로 몸을 날렸다.

더 붙어 봤자 유하성에게 안 된다는 걸 알았기에 도주를 택한 것이었다.

"저 영감탱이가!"

그걸 본능적으로 알아차린 이춘상이 소리치며 땅을 박찼다.

하지만 이미 뛰기 시작한 추노를 따라잡기에는 너무 늦은 상태였다.

쉬이익!

대신 유하성이 먼지구름을 갈랐다.

소리치는 이춘상과 달리 유하성은 말없이 움직였던 것이다.

'빠른데?'

정확히 추노가 달려가는 방향으로 따라가던 유하성이 살짝 놀란 표정을 지었다.

진천뢰가 터지는데도 아무 거리낌 없이 파고들어 중년인을 데리고 나가서였다.

즉 진천뢰를 연막탄처럼 사용했기에 유하성은 실소가 흘러나왔다.

그러나 중년인의 전투 방식을 생각해 보면 추노가 저러는 것도 이해가 되었다.

'시간을 끌면 내가 불리해.'

유하성은 냉철하게 상황을 판단했다.

체력으로는 누구에게도 뒤지지 않는다고 생각했지만 중년인이나 추노는 내공이 광활할 정도로 많았다.

그러니 육신이 노쇠화되었다고 해도 무지막지한 공력을 이용해서 치고 나갈 게 분명했다.

그렇기에 무조건 초반에 결판을 봐야 했다.

파파파팡!

거기까지 생각이 닿은 순간 유하성은 태극신보를 극성으로 펼쳤다.

무당
패왕

보법도 되지만 경신술로도 사용할 수 있기에 유하성의 신형이 섬광처럼 쏘아졌다.

"크흠!"

그리고 그걸 추노도 느꼈다.

보이지는 않지만 느낄 수 있어서였다.

무시무시한 속도로 빠르게 간격을 좁혀 오고 있음을 느낀 추노가 입술을 깨물며 용천혈에 진기를 모조리 쏟아부었다.

그러자 그의 신형이 더욱더 빨라졌다.

삐이익!

그때 그의 귓가로 묘한 소리가 들려왔다.

오직 그만이 들을 수 있는 특수하게 제작된 호각 소리가 들렸던 것이다.

추노는 그 소리를 듣자마자 방향을 곧바로 틀었다.

'이것까지 쓸 줄은 몰랐는데…….'

추노의 표정이 침중해졌다.

사실 그는 제아무리 유하성이 권패라 불리며 중원무림에서 떠오르는 신진고수라고 해도 소문주에게는 안 될 거라 생각했다.

본 문 내에서도 규격 외의 존재가 소문주였기에 당연히 유하성을 압살할 거라 예상했다.

그런데 막상 뚜껑을 열어 보니 결과는 정반대였다.

'지금은 이 자리를 뜨는 것만 생각해야 한다.'

추노는 고개를 저었다.

다른 생각을 하고 있을 때가 아니었다.

감탄이든 분노든 감정은 빠져나간 다음에 터트려도 늦지 않았다.

'왔다!'

거기까지 생각했을 때 그의 눈에 공터를 가득 채우고 있는 인파가 보였다.

하나같이 비루하기 짝이 없는 옷차림이었으나 추노의 얼굴은 밝아졌다.

저들이야말로 그가 혹시나 하는 마음에 준비해 놓은 마지막 패였다.

-여깁니다!

"시작해!"

귓전으로 파고드는 수하의 전음에 추노가 곧장 지시를 내렸다.

그러자 삼삼오오 모여 있던 수십 명의 사람들이 일제히 그를 향해 달려왔다.

정확하게는 그가 가로지를 길을 만들어 준 후 빼곡하게 닫아 버렸다.

그것도 다들 결의에 찬 표정으로 말이다.

"어?!"

추노에 이어 공터에 도착한 유하성은 두 눈을 부릅떴다.

딱 봐도 농사를 지을 것 같은 촌부들 수십 명이 길을 막아 서였다.

무인이 아닌 일반 양민들이었기에 유하성은 순간적으로 멈칫거렸다.

"우리 자식만큼은!"

"더 나은 세상에서 살 수 있도록……!"

"나와는 다르게 살게 만들 거다!"

유하성의 눈동자가 흔들렸다.

무공 초식 하나 익히지 않은 이들이 어떤 각오를 하고 자신에게 달려드는지 알 수 있어서였다.

그래서 유하성으로서도 머뭇거릴 수밖에 없었다.

이들을 향해 살수를 뿌리고자 무공을 익힌 게 아니었다.

꿀꺽!

그런데 그때 무작정 달려드는 사람들이 동시에 손에 쥐고 있던 무언가를 입에 넣었다.

유하성이 우물쭈물하는 사이 알 수 없는 환약을 먹었던 것이다.

그와 동시에 수십 명에게서 심상치 않은 기운이 일렁였다.

"이 자식들!"

그걸 느낀 유하성이 노성을 터트렸다.

사람들이 먹은 게 무엇인지 그는 단박에 알아차렸던 것이다.

스윽.

하지만 유하성의 노성에 추노는 고개만 살짝 돌려 힐끔 쳐다보고는 그대로 달려 나갔다.

마치 다음에 보자는 듯이 말이다.

그러나 유하성은 추노를 추격할 수가 없었다.

퍼어엉! 퍼퍼퍼펑!

제40장 틀리지 않은 길

　가장 앞쪽에서 달려오던 사십 대 후반의 남자가 폭발했다.

　폭정단을 먹은 무인들이 동귀어진을 노리고 폭사하듯 남자의 몸이 수십, 수백 개의 조각으로 찢어지며 유하성을 공격했던 것이다.

　그러나 그건 시작에 불과했다.

　유하성에게 달려오는 중, 장년의 남자들과 중년의 여인, 노파, 노인 할 거 없이 전부 다 폭발했다.

　"무, 무슨!"

　뒤따라 공터에 도착한 이춘상도 대경실색했다.

　누가 설명해 주지 않았음에도 그 역시 알아차린 것이었다.

　지금 폭사하는 이들이 일반 양민들이라는 사실을 말이다.

무공을 익히진 않았으나 살아 있는 사람이라면 누구나 선천진기를 가지고 있었고, 여기 모인 사람들은 그걸 거리낌 없이 터트렸다.

"잠시만요!"

호신강기를 일으켜 육편과 골편을 막아 내며 유하성이 소리쳤다.

그의 상대는 추노였지 무공 초식 하나 익히지 않은 사람들이 아니었다.

하지만 그의 외침에도 달려드는 걸 멈추는 이는 없었다.

이미 죽음을 각오했다는 듯이 계속해서 유하성에게 달려들었다.

"우리 아들만큼은, 아들만큼은 당신처럼!"

"새로운 세상에서 주인공으로 살게 만들 거야!"

"나, 나와는 다르게!"

퍼퍼퍼펑! 퍼어엉!

선천진기는 모두에게 공평했다.

사람마다 조금씩 차이는 있을지 몰라도 기본적으로 누구나 가지고 있었다.

오히려 무인들은 폭정단으로 선천진기를 상당 부분 소모한 다음에 폭사했기에 위력이 그리 크지 않았지만 지금은 달랐다.

본래 가지고 있던 선천진기를 한 번에 폭발시켰기에 위력이 대단했다.

"흐읍!"

쿠그그긍!

그것도 수십 명이 일제히 폭발하자 규모는 물론이고 위력이 엄청났다.

지진이라도 난 것처럼 흔들리는 대지에 이춘상이 바짝 긴장한 얼굴로 유하성이 있던 자리를 지켜봤다.

투둑. 투두둑.

후폭풍이 지나가고 피 안개가 공터를 가득 채웠다.

그리고 크고 작은 골편들과 육편들이 땅바닥으로 떨어졌다.

사방에는 핏자국들이 가득했고 말이다.

시산혈해라는 말이 절로 떠오를 정도의 광경이었으나 이춘상은 다른 의미로 마음이 무거웠다.

저벅저벅.

섬뜩한 광경이었음에도 씁쓸한 심정을 감출 수가 없어서였다.

특히 죽어 가던 이들이 마지막에 남긴 말들이 이춘상의 가슴에 화인처럼 남아서 계속 울려 퍼졌다.

"괜찮냐?"

"그건 내가 물어야 할 말 같은데? 공격당한 건 너잖아."

피가 섞인 먼지구름을 가르며 걸어 나온 유하성을 향해 이춘상이 힘없이 웃으며 말했다.

평소와는 확연히 다른 모습에 유하성이 작게 고개를 주억거렸다.

이춘상이 왜 저러는지 너무나 잘 알아서였다.

"위험한 건 사실이었지만, 막지 못할 정도는 아니었으니까. 태청단을 안 먹었다면 진짜 위험했겠지."

"그래도 넌 어떻게든 버텨 냈을걸. 그나저나 진짜 많이 준비했네. 무인뿐만 아니라 일반 양민들에게도 사용할 수 있는 환약이라니."

사람들이 환약을 먹는 걸 이춘상은 직접적으로 보지는 못했다.

그러나 짐작할 수는 있었다.

번천회가 이미 많이 보여 주기도 했고.

"이제부터는 무인뿐만 아니라 모두를 조심해야 한다는 얘기지."

"그러니까. 특히 이들이 몸을 던진 이유를 생각하면."

이춘상이 두 눈을 감았다.

더 나은 세상, 자신과는 다른 삶.

짧지만 이 한마디에 담긴 의미는 명확했다.

괜히 번천회라는 이름을 지은 게 아니었다.

'다만 문제는 세상이 바뀐다고 해도 달라질 게 없다는 사실이지. 자리의 주인만 바뀌는 것뿐.'

번천회가 정말 현재 기득권층이라 할 수 있는 이들을 정리하면 세상이 바뀔까?

이춘상은 고개를 저었다.

중원수호맹에서 번천회로 기득권층이 바뀌는 것뿐이었다.

물론 새로운 이들이 수혈되며 긍정적인 변화가 있을 수도 있었다.

하지만 자리의 주인이 바뀜으로써 혜택을 보고 이득을 보는 이들은 이미 정해져 있었다.

장담컨대 오늘 죽은 이들의 자식들이 그 혜택을 볼 가능성은 희박했다.

'하지만 그럼에도 할 수밖에 없겠지.'

이춘상의 마음이 무거운 이유가 바로 이것이었다.

더불어 번천회가 노리는 것도 바로 이것이었고.

바뀔지도 모른다는 희망.

번천회는 이걸 가지고 사람들을 기만하고 있었다.

"울적한 마음은 잘 알겠지만 지금은 네가 해야 할 일이 있어."

"아아. 잘 알지. 그리고 나도 어떻게든 찾아낼 거야. 물어보고 싶은 게 아주 많거든. 더불어 이 일이 더는 벌어지지 않게 막고 싶고."

우울한 표정이었던 이춘상의 두 눈이 한순간에 활활 불타올랐다.

가진 거 없는 약자들을 이용하는 번천회의 악랄한 행태에 진심으로 분노한 것이었다.

거지이기에 어떻게 보면 여기서 죽어 간 이들의 마음을 누구보다 잘 알았다.

무공을 익혔다는 것만 빼면 개방의 거지들 역시 이들과 다를 바가 없었으니까.

"가능할까?"

"당연히 쉽지 않겠지. 하지만 어떻게든 찾아낼 거다. 이정도 인원이 동원될 정도면 흔적이 남을 수밖에 없어. 그리고 이 일에 분노할 사람은 나만 있는 게 아니니까."

"부탁해."

"그런 말 하지 마라. 이건 당연히 해야 할 일이야. 나도 진심으로 뚜껑이 열린 상태고. 감히 이용할 게 없어서 일반 양민들을 이용해? 지들의 욕심을 채우기 위해? 절대 가만 안둬. 모조리 다 찢어 버릴 거야."

이춘상이 으르렁거렸다.

진심으로 분노한 기색에 유하성은 고개를 끄덕이며 동조했다.

티를 내지 않아서 그렇지 그의 마음 역시 이춘상과 똑같았다.

여전히 마음 한구석이 아릿하기도 했고.

오늘도 어김없이 아침 일찍 연구동을 찾아와 기대 가득한 눈빛으로 주변을 한 바퀴 돌던 흑풍이 이내 시무룩한 표정을 지었다.

혹시나 오늘 오지 않을까 싶어서 왔는데 허탕이었다.

어디에서도 유하성의 냄새는 맡아지지 않았기에 흑풍이 기죽은 표정으로 터벅터벅 걸어갔다.

그런데 그때 흑풍이 갑자기 고개를 번쩍 들었다.

푸르릉?

이제는 익숙해진 광경이었으나 그럼에도 안쓰러운 마음이 절로 드는 흑풍의 모습에 오늘도 멀찍이 떨어져서 당근 하나를 쥔 채로 지켜보던 백현승이 고개를 돌렸다.

갑작스러운 흑풍의 행동에 자기도 모르게 똑같은 방향을 쳐다봤던 것이다.

그러나 백현승이 그러거나 말거나 흑풍은 일절 관심이 없었다.

대신 코를 격렬하게 벌렁거리더니 이내 연구동의 입구를 향해 부리나케 달려갔다.

"오, 흑풍이네? 이 녀석이 웬일이지? 이 이른 시간에."

"그러게. 보통은 자기 오고 싶은 시간에 제멋대로 오는 녀석인데."

푸히히힝!

너무나 익숙한 유하성의 목소리에 흑풍이 포효했다.

역시나 자신이 맡은 게 착각이 아님을 확신할 수 있어서였다.

그래서 흑풍은 유하성에게 쏜살같이 달려가 머리는 물론이고 몸 전체를 비볐다.

마치 고양이가 주인에게 자신의 냄새를 묻히듯이 말이다.

"이 녀석 왜 이래?"

"며칠 동안 떨어져 있어서 그런가?"

"얘가 그런 성격은 아니잖아?"

유난스러울 정도로 반가워하는 흑풍의 모습에 이춘상은 고개를 갸웃거렸다.

도도함을 휘장처럼 전신에 감싸고 있는 녀석이 바로 흑풍이었다.

물론 유하성에게는 애교도 곧잘 부리긴 했으나 이 정도까지는 아니었다.

"그렇긴 한데."

푸르륵. 푸르르릉!

거친 콧김과 함께 반가운 마음을 숨김없이 드러내는 흑풍의 애교에 유하성이 어깨를 으쓱거렸다.

의아하기는 했으나 기분이 나쁘지는 않았다.

오히려 좋았다.

이렇게 진심으로 반겨 주는 이가 있어서 말이다.

"형님!"

"사숙!"

뒤이어 백현승을 비롯해서 원상과 원호가 달려왔다.

곽두일과 다른 일대제자들도 함께 오자 유하성은 가볍게 인사를 받아 주었다.

"다들 잘 있었지?"

"예!"

"별일은 없었고?"

"몇 차례 침입하려는 시도는 있었으나 큰 문제는 없었습니다."

원상의 대답에 유하성이 고개를 주억거렸다.

처음이야 실수라고 하지만 두 번째는 아니었다.

그렇기에 유하성은 만족스러운 표정을 지었다.

"고생하셨습니다, 사숙. 제갈세가에도 다녀오시고."

"고생은 무슨. 아주 꿀이 뚝뚝 떨어지더만."

"예?"

부러움이 가득 담긴 이춘상의 투덜거림에 원호가 눈을 껌 뻑였다.

이게 무슨 소리인가 싶어서였다.

반면에 백현승과 곽두일은 단박에 알아듣고 음흉한 표정을 지었다.

"역시 형님."

"뭐가 역시야."

"저는 알고 있었습니다. 두 분 사이에 흐르는 기묘한 감정을 말이지요."

"오. 역시 현승이가 속세에서 태어나서 그런지 눈치가 있어."

"흠흠! 저도 눈치채고 있었습니다. 다만 아는 티를 내지 않고 있었을 뿐이지요."

이춘상의 말에 곽두일이 슬그머니 대화에 합류했다.

그도 알고 있어서였다.

"뭐야? 다들 알고 있었잖아?"

"청춘이지 않습니까. 오히려 다른 대문파나 명문세가의 자제들에 비하면 유 소협님은 조금 늦은 감이 있지요."

"그렇기는 합니다만."

곽두일의 말에 맞장구를 쳐 주긴 했으나 이춘상은 떨떠름한 표정을 지었다.

친구지만 부러워서였다.

물론 그는 거지이기에 결혼을 할 수는 없지만 그래도 만나는 건 할 수 있었다.

그렇기에 이춘상은 진심으로 질투가 났다.

'내가 아는 것만 벌써 세 명이니.'

이춘상은 제갈령령 때문에 부러운 게 아니었다.

무려 세 명이 유하성에게 관심을 보인다는 게 부러웠다.

심지어 그중 한 명은 무림삼화의 일인이었다.

"젊었을 적에 많이 만나는 게 좋습니다. 이런 여자, 저런 여자 다 만나 보는 거지요. 나이 먹으면 이성을 만나기가 점점 더 힘들어지니까요."

"왠지 곽 표두님 이야기 같은데요?"

"정확합니다……."

곽두일이 침울한 표정을 지었다.

그라고 가정을 꾸리고 싶지 않았던 건 아니었다.

다만 어쩌다 보니 노총각이 되어 있었을 뿐.

"곽 표두님은 할 수 있었는데 눈이 너무 높으셨어요. 이건 부정할 수 없는 사실이죠. 저뿐만 아니라 모두가 같은 생각이었어요. 이제는 다들 안 계시지만……."

"쿨럭!"

슬쩍 끼어드는 백현승의 한마디에 곽두일이 기침을 했다.

그러나 반박을 하고 싶은데 할 수가 없었다.

사례가 제대로 들려서 말이 나오지가 않았다.

"하지만 걱정하지 마세요, 곽 표두님. 제가 대청표국을 다시 일으킨 다음에 꼭 장가보내 드리겠습니다!"

"전제 조건이 대청표국의 재건이네? 그럼 재건하지 못하면 곽 표두님의 장가도 물 건너가는 건가?"

"저의 최우선 목표는 표국의 재건이니까요. 우선 이것부

터 이뤄야지요. 그 전에 가신다면 당연히 축하드릴 생각이
고요."

"도와줄 마음은 없다?"

"어? 꼭 그런 의미는 아닌데요."

묘하게 몰아가는 이춘상의 말에 백현승이 황급히 고개를
저었다.

절대 그런 의미는 아니어서였다.

"말투가 자신의 도움 없이는 장가를 못 갈 거라고 말하는
것 같은데?"

"절대 아닙니다! 아니에요, 곽 표두님!"

"……."

백현승이 단호하게 손사래를 쳤지만 이미 곽두일의 표정
은 침울해져 있었다.

사실 그도 알고 있었다.

좋은 시절은 다 지나갔다는 걸 말이다.

어쩌면 그래서 대청표국의 재건에 모든 것을 걸고 있는지
도 몰랐다.

"여전하네."

푸르릉.

오자마자 분위기를 휘어잡는 이춘상의 모습에 유하성은
피식 웃으며 흑풍과 나란히 걸음을 옮겼다.

정확하게는 그가 텃밭을 향해 걸어가자 흑풍이 따라오는

武當霸王
무당
패왕

것이었다.

기분 좋은 투레질을 하며 바짝 붙어서 따라오는 흑풍의 갈기를 쓰다듬던 유하성은 며칠이 지났음에도 달라진 게 하나 없는 텃밭에서 당근 하나를 쏙 뽑았다.

그러고는 먹기 좋게 흙을 털어 흑풍에게 주었다.

오독. 오도독.

먹기 좋게 입 앞으로 가져다주는 당근에 흑풍이 기다렸다는 듯이 당근을 물었다.

맛있게 오물거리며 오랜만에 당근 맛을 음미했던 것이다.

고작 며칠 안 먹은 것뿐인데 이상하게도 더욱 맛있는 당근을 흑풍은 히죽 웃으며 우물거렸다.

"사숙께서 떠나시고 아예 안 먹었습니다."

"흑풍이?"

"예."

"다른 사람이 주는 것도 이제는 곧잘 먹지 않나?"

흐뭇한 얼굴로 흑풍이 당근을 먹는 걸 지켜보던 유하성이 고개를 돌렸다.

생각지도 못한 말에 원호를 쳐다봤던 것이다.

"사숙께서 안 계시자 조금 충격을 받은 듯한 모습이었습니다. 누가 봐도 실의에 빠진 모습이었다고나 할까요?"

"그래?"

유하성이 고개를 갸웃거렸다.

평소 흑풍의 모습을 생각하면 그랬다는 게 상상이 가지 않아서였다.

독립심이 강해 마구간을 지어 주었음에도 밤은커녕 낮잠도 안 자는 게 흑풍이었다.

그런데 자신이 없다고 흑풍이 우울해했다고 하자 유하성은 믿기지가 않았다.

으적으적!

물론 지금의 흑풍은 평소보다 그를 훨씬 더 반겨 주기는 했지만 상상이 되지는 않았다.

둘의 관계는 주종 관계라기보다는 친구이기도 했고.

"네. 늘 사숙께서 수련하러 나오시는 시간쯤에 와서 연무장을 한 바퀴 돌고 가더라고요."

"그랬단 말이지."

벌써 두 개를 넘어 세 개를 먹고 있는 흑풍의 멋들어진 갈기를 부드럽게 쓰다듬어 주며 유하성이 살짝 놀랍다는 표정을 지었다.

자신을 이 정도로 생각하고 있을 줄은 몰라서였다.

"저희가 주는 당근을 먹지 않았을 뿐이지 건강한 건 똑같았지만요."

"새끼는 아직 안 태어났나 보네. 많은 사람들이 기다리고 있는데."

"저도 있고요."

무당
폐왕
武當霸王

원호가 기다렸다는 듯이 입을 열었다.

무공 말고는 딱히 욕심이 없는 그이지만 흑풍의 자식은 달랐다.

게다가 유하성이 흑풍과 어떻게 지내는지 직접 봤기에 원호도 그렇게 하고 싶었다.

"번식기가 오면 낳겠지. 근데 경쟁이 심하겠는데?"

"대신 암말들이 많지 않습니까. 하하."

"그새 늘었네?"

흑풍에게 당근을 주느라 지금 봤는데 무리의 숫자가 하산할 때보다 확연히 늘어 있었다.

두 배까지는 아니더라도 대충 이, 삼십 마리는 는 것 같았다.

"영역이 꽤 넓은 모양이더라고요. 여기저기 흩어져 있는 무리들도 삼키고."

"원래 우두머리였던 녀석들이 많이 맞았겠는데."

"성깔이 보통 아니니까요."

원호가 고개를 주억거렸다.

흑풍이 온순해지는 상대는 유하성이 유일했다.

유하성과 함께 지냈기에 자신을 비롯해서 일행은 이 정도였지 그렇지 않았다면 여전히 알은체도 하지 않았을 것이었다.

심지어 흑풍은 자기만 한 멧돼지하고도 싸우는 녀석이었

다.

"온순한 편이라고 하기에는 힘들지. 근데 야생에서 살아 가려면 어쩔 수 없지. 약하면 잡아먹힐 수밖에 없으니까."

"정작 먹는 건 풀인데 말이죠."

"대단한 거지."

푸르륵.

자신을 칭찬한다는 걸 아는 모양인지 흑풍이 기분 좋게 투레질을 하고는 유하성의 가슴팍에 머리를 비빈 후 몸을 돌렸다.

온 것도 확인했겠다, 배도 부르겠다, 다시 무리가 있는 곳으로 돌아가려는 것이었다.

그 모습을 유하성은 지켜봐 주었다.

"흠흠! 제가 첫 번째입니다, 사숙."

"순서는 알아서 정해. 아니다. 정확하게는 말들이 정하는 거지."

"흑풍이 날뛰는 것만 막아 주시면……."

"그 정도는 해 줄 수 있지."

"감사합니다!"

흑풍의 성격상 자식이라고 해서 살뜰히 챙길 것 같지는 않았지만 혹시 몰랐다.

새끼를 어떻게 대하는지 누구도 직접 보지 못했기에 안전 장치를 만들어 둬서 나쁠 건 없었다.

"근데 나도 궁금하기는 하네. 흑풍이의 자식들은 어떨지."

"혈통이 어디 가겠습니까. 어쩌면 더한 녀석이 나올지도 모릅니다."

"그럴 수도 있겠지."

잔뜩 기대하는 표정의 원호를 일별하며 유하성이 몸을 돌렸다.

이제 막 복귀했지만 할 일이 많았다.

유하성이 돌아왔다는 소식에 명덕이 한달음에 찾아왔다.

그런데 나이가 있어서 그런지 아직도 몸 곳곳에 붕대가 감겨 있었다.

"흠흠! 혹시 몰라 감아 놓은 거다. 몸은 멀쩡해. 다 나았어."

"그랬다면 붕대를 안 감고 계셨을 것 같습니다만."

"애들이 하도 닦달을 해서 감아 놓은 거야. 이제는 긁힌 정도다. 안색만 봐도 알 수 있잖아?"

유하성의 시선이 상반신에 있는 붕대로 향하자 명덕이 변명하듯 말했다.

나이는 먹었지만 남자로서 자존심이 어디로 간 건 아니었다.

"치료는 마지막이 제일 중요하기는 하지요. 한번 치료할 때 확실하게 하는 게 가장 좋으니까요."

"내 말이. 혹시 몰라서 좀 더 감고 있는 거다. 그보다 오는 길에 습격을 받았다고?"

명덕이 자연스럽게 화제를 돌렸다.

개인적으로 궁금하기도 했고 말이다.

제갈세가에서 있었던 일들에 대해서는 진즉에 보고를 받았었기에 명덕이 진지한 표정으로 물었다.

"예. 처음에는 두 명이었는데 나중에는 일반 양민들의 공격을 받았습니다."

"일반 양민?"

명덕이 얼굴 가득 의아한 표정을 지었다.

자신이 잘못 들었나 싶은 표정이었다.

그런 명덕의 모습에 유하성은 추노를 추격하다가 만난 이들에 대해서 설명했다.

부르르르!

이어지는 유하성의 설명에 명덕이 몸을 떨었다.

상상도 못 한 방식에 경악을 넘어 극도로 분노한 것이었다.

"이에 따른 대비도 해야 한다고 생각합니다. 다른 곳들은 춘상이가 전달하는 중입니다."

"다친 곳은 없고?"

무당
패왕

깊게 심호흡을 하며 흥분을 가라앉힌 명덕이 물었다.

일초반식도 익히지 않은 일반 양민들이라고 하나 그들에게도 선천진기는 있었다.

나이에 따라 양이 달라지기는 하겠으나 인원이 수십 명이라면 얘기가 달라졌다.

어떻게 보면 화탄보다 더한 위력을 낼 수도 있었기에 명덕은 빠르게 유하성의 몸을 살폈다.

"괜찮습니다. 태청단 덕을 봐서요."

"그놈의 태청단 덕은."

"진짜 감사하게 생각하고 있습니다. 명천 사백께는요."

"나도 정말 다행이라고 생각하고 있다. 그나저나 이제는 어느 곳도 안심할 수 없겠구나."

명덕이 침음을 흘렸다.

무공을 익히지 않은 일반 양민들이 자살 공격을 펼친다면 그 어떤 곳도 안전하다고 장담할 수 없었다.

사람이 모여 있는 곳은 모두가 적지나 마찬가지였다.

물론 모든 사람들이 번천회 소속은 아니라고 하나 문제는 구분하기가 쉽지 않다는 점이었다.

"인원이 계속해서 늘어나는 중이라고 들었습니다."

"중원수호맹과는 다르게 말이다. 그래서 수뇌부에서도 고민이 많은 모양이다. 오히려 맹주직은 고민거리도 안 된다고나 할까. 특히 가장 골치 아픈 게 내일 없이 살아가는 산적,

수적 들이니까."

"숫자도 가장 많죠. 그래도 물길은 제갈세가와 다른 가문들이 어느 정도 끊었다고 하던데요?"

"그렇긴 한데, 이미 늦었다고 봐야지. 게다가 인원이 많으니 배도 금세 만들 수 있고. 그나저나 폭정단에 이어 다른 환약이라니."

명덕이 고개를 저었다.

일이 풀리기는커녕 점점 더 어려워지고 있어서였다.

특히 같은 백도무림인들에게 외면을 받고 있는 게 가장 컸다.

하나로 똘똘 뭉쳐도 모자랄 판에 분열이 일어났기에 중원수호맹에서도 고민이 많았다.

"아쉽게도 구하지는 못했습니다."

"그 두 명, 어디 소속인지는 모르겠고?"

"예. 저는 물론이고 춘상이도 처음 보는 무공들이랍니다. 저뿐만 아니라 춘상이도 추노라고 불린 노인과 손 속을 나누었는데 짐작 가는 곳이 전혀 없답니다."

"허어."

명덕이 장탄식을 흘렸다.

개방의 후개로서 웬만한 무공은 다 알고 있는 게 이춘상이었다.

그런데도 이춘상이 모른다면 정말 알려지지 않은 곳일 가능성이 컸다.

신비 문파라 불리는 곳이 의외로 무림에는 꽤나 많았고 말이다.

"원래 계획은 사로잡아서 물어보는 것이었는데, 실패했습니다. 죄송합니다."

"아니다. 네가 잘못한 거 없다. 만약 네가 아니라 나였다면 그 자리에서 죽었을 거다. 수십 명이 같이 죽자고 달려드는데 놓치는 게 당연하지. 오히려 나는 네가 멀쩡히 돌아와 주어서 너무나 고맙다. 이제는 지겹겠지만 나나 명천 사형은 죽어도 되지만 넌 안 돼. 넌 오래오래 살아야 한다. 무당의 미래로서."

"……그 말은 좀 부담스러운데요."

"부담스럽긴. 사실이지. 번천회가 일으킨 혈풍을 무사히 이겨 낸다면 향후 천하십대고수의 두 자리는 우리의 것이 될게다."

명덕이 장담하듯 말했다.

그 정도로 유하성의 잠재력은 뛰어났다.

어떤 의미로는 무율보다 더 말이다.

장문인인 무율 역시 강했으나 향후의 성장을 생각하면 명덕은 유하성을 선택할 것이었다.

'면장과 십단금이 있고, 왠지 이게 다가 아닐 것 같단 말이지.'

명덕이 유하성을 높게 평가하는 이유는 바로 이 점이었다.

현재는 태극혜검으로 인해 무율이 살짝 앞서 있을지 모르나 면장과 십단금을 복원한 유하성이라면 이 이상의 것을 만들어 낼지도 몰랐다.

"그 이상이 될 수도 있지요."

"정말 그랬으면 좋겠구나. 허허허."

상상만 해도 기분 좋다는 듯이 명덕이 웃었다.

만약 그렇게 된다면 소림사를 넘는 것도 가능할지 몰랐다.

가장 중요한 건 천하제일인이 무당파에서 나오는 것이었지만.

"좋은 인재들이 많으니 노력하면 가능하다고 생각합니다. 쉽지는 않겠지만요."

"그래. 그게 중요하지. 아, 그리고 이번 파훼법으로 아이들의 생각이 꽤나 바뀐 모양이다."

"아이들이요?"

"그래. 현 무자배 장로들 말이다. 전통을 유지하는 건 반드시 해야 하는 일이지만 너의 의견도 꼭 틀린 건 아니라는 생각이 든 모양이다."

"좋은 변화네요."

유하성은 크게 놀라지 않았다.

어느 정도는 예상했던 변화여서였다.

오히려 계속 쓸모없는 고집을 부렸으면 문제가 더 커졌을

武當霸主
무당
패왕

터였다.

"앞으로 더 바빠질 거다."

"제자들을 위해서라면 얼마든지 좋습니다."

"녀석."

"그보다 십천에 대해서는 좀 알아낸 것이 있습니까?"

"중원수호맹에서 하오문주와 흑점주에게 직접 연락을 보냈다. 답신이 오면 어느 정도 알 수 있을 거라 생각한다."

유하성이 고개를 주억거렸다.

제아무리 중원수호맹이 창설되었다고 해도 하오문주나 흑점주는 쉽게 만날 수 있는 이들이 아니었다.

애초에 정체를 드러내지 않는 이들이었기에 어쩌면 연락이 닿지 않을 수도 있었다.

반대로 받고도 모른 척할 수도 있었고.

"이번에 상대한 이들은 춘상이가 추적하고 있습니다. 개방과 함께 조사를 한다면 어느 정도는 성과가 있을 거라고 생각합니다."

"당연히 그래야지. 분명히 밝혀지지 않은 다섯 곳 중 하나일 테니까. 그 문제는 내가 맡으마."

"부탁드리겠습니다."

"오늘은 일단 쉬어라. 먼 길 오느라 고생했을 텐데. 혹시 내상을 입었다면 지금 바로 치료를 받고."

"내상은 없습니다."

마지막까지 걱정하는 명덕을 향해 유하성은 웃으며 고개를 저었다.

위험하기는 했지만 그 정도까지는 아니었다.

오히려 심적으로 타격을 받았다면 모를까.

그래서 유하성은 어느새 미지근해진 차를 천천히 들이켰다.

오랜만에 맡아 보는 무당산의 냄새를 유하성은 폐부 깊숙이 느꼈다.

맑고 깨끗한, 다른 말로는 무당산의 정기라고도 할 수 있는 대자연의 기운을 유하성은 만끽했다.

고향에 돌아와서 그런지 몸도 반응하듯 가벼워진 느낌이었다.

하지만 오늘은 할 일이 있었다.

휘이이익!

아직은 곳곳에 어둠이 남아 있는 어슴푸레한 시각이었으나 유하성은 거리낌 없이 산길을 가로질렀다.

보통 사람이라면 제대로 오르기도 힘든 산길이었으나 유하성은 달랐다.

어려서부터 수도 없이 오고 갔던 길이었기에 눈을 감고도 태극신보를 펼칠 수 있었다.

'여전하네.'

십 년 전에도, 아니 처음 무당산을 올랐을 때 맡았던 냄새와 조금도 변함이 없는 산의 향기를 음미하며 유하성이 엷게 웃었다.

백 년 전에도, 그리고 백 년 후에도 무당산은 똑같을 것 같아서였다.

스스슥!

오랜만에 달려 보는 무당산에 유하성의 기분이 상쾌해졌다.

뛰면 뛸수록 지치기보다는 몸이 가벼워지는 느낌이었다.

그러나 유하성은 무당산의 풍광을 즐기면서도 오늘 해야 할 일을 잊지 않고 있었다.

"어디 보자……."

이른 아침부터 처소를 나온 건 이유가 있었다.

단순히 체력 단련이 목적이었다면 연무장에서 해도 되었다.

하지만 유하성은 복귀하는 길에 문득 든 생각이 있어서 아침 일찍부터 무당산을 돌았다.

"흐음."

인적이라고는 전혀 찾을 수 없는, 사람의 발자국 자체가 보이지 않는 산속 깊은 곳에서 유하성이 두 눈을 감았다.

그러고는 기감을 확장했다.

오감뿐만 아니라 모든 감각에 온 정신을 집중했다.

휘이이잉.

아직은 서늘한 바람이 유하성을 휩쓸고 지나갔다.

그러나 유하성은 바람이 불었는지도 느끼지 못했다.

기감에 극도로 집중했기에 유하성의 뇌리에 다른 생각은 떠오르지 않았다.

'확실히 넓어.'

빠르게 영역을 넓혀 나가는 기감을 느끼며 유하성이 속으로 중얼거렸다.

새삼 무당산이 어마어마하게 넓고 크다는 걸 느낄 수 있어서였다.

태청단을 먹고 공력이 꽤나 늘어났음에도 불구하고 유하성의 기감이 닿는 공간은 그리 넓지 못했다.

'좀 더 옅게.'

세세하게 파악할 필요는 없었다.

은신해 있는 적을 찾는 게 아니었기에 유하성은 방법을 바꿨다.

개미가 기어다니는 걸 느끼기 위해 지금의 작업을 하는 게 아니었다.

그가 목표로 하는 건 대자연의 기운이 모여드는 곳을 찾는 것이었기에 유하성은 세밀하게 느끼기보다는 무당산을 흐르고 있는 기운에 집중했다.

'무당산을 이렇게 느껴 보는 건 처음이네.'

두 눈을 감고 있던 유하성이 묘한 표정을 지었다.

늘 보고, 숨 쉬고, 돌아다녀서 유하성은 무당산에 대해 제법 잘 안다고 생각했다.

하지만 그건 착각이었다.

이렇게 보니 지금까지는 보지 못했던 무당산을 보고 느낄 수 있었다.

'감상은 여기까지.'

감탄을 넘어 경탄이 나왔지만 유하성은 그 감정을 추슬렀다.

지금 중요한 건 그게 아니었다.

생각했던 것이 맞는지를 파악하는 게 중요했다.

"으음."

유하성의 기감이 빠르게 사방팔방으로 뻗어 나갔다.

그러나 그가 생각했던 장소는 나타나지 않았다.

미세하게 차이는 나도 엄청나게 기운이 모여 있는 곳은 없었다.

'이 근처에 없다면 더 깊숙한 곳으로.'

유하성이 천천히 이동했다.

왔던 길이 아니라 더 깊은 곳으로, 오지라 불리는 곳으로 경신술을 펼쳤다.

두 눈을 감고 기감을 여전히 유지한 채로 말이다.

그런데도 유하성은 수풀에 전혀 스치지 않았다.

'음?'

기대했던 장소를 쉽게 발견하지 못했으나 유하성은 조급해하지 않았다.

무당산은 넓었고 찾아가 볼 곳은 많았다.

그렇기에 유하성은 차분하게 이동했다.

시간은 많았기에 탐색한다는 마음으로 계속해서 이동했다.

한데 그때 묘한 기운이 유하성의 기감에 잡혔다.

다른 곳과는 조금 다른 느낌의 기운이 흘렀던 것이다.

스슥!

미묘하게 다른 느낌으로 흐르는 기운에 유하성의 신형이 사라졌다.

혹시라도 놓칠까 봐 곧바로 달려간 것이었다.

"호오."

바람처럼 잔잔하게 무당산을 흐르는 기운들과 달리 이곳은 사나웠다.

크고 작은 기운들이 격렬하게 부딪치고 충돌하며 휘몰아쳤던 것이다.

기운의 양이 엄청나게 차이 나지는 않았지만 다른 곳에 비해 풍부한 편이었다.

"일단 예상이 틀리진 않은 건가."

대자연의 기운에 민감해진 덕분인지 유하성은 작은 차이지만 확실하게 느낄 수 있었다.

그러나 아쉽게도 이 정도에 만족하지는 않았다.

유하성이 기대한 건 여기보다 더 많은 기운이 모여 있거나 흐르는 곳이었다.

"일단 기억해 두는 걸로."

유하성은 주변을 찬찬히 둘러봤다.

위치를 정확하게 파악하기 위해서였다.

눈을 감고 오기는 했으나 해가 뜨는 걸로 방향과 위치를 대략 알 수 있었기에 유하성은 머리에 기억해 두고는 다시 기감을 퍼트렸다.

이런 장소도 있으니 여기보다 더 좋은 장소도 있을 터였다.

투욱.

그렇게 한참을 돌아다닌 유하성이 살짝 상기된 얼굴로 멈춰 섰다.

기화이초가 가득하고 무릉도원 같은 느낌이 나는 장소는 아니었으나 유하성이 바란 조건에 어느 정도는 부합되는 곳을 찾아서였다.

스윽.

사람의 흔적이라고는 눈을 씻고 찾아봐도 보이지 않는, 자연 그대로의 모습이었기에 이동하는 게 편하지는 않았다.

하지만 유하성에게 그건 중요하지 않았다.

곳곳에 산짐승들이 있었으나, 유하성을 경계하기는 해도 적의를 가지지는 않았다.

그래서 유하성은 마음 편히 손을 들어 이곳에 흐르는 기운에 집중했다.

"이 정도면……."

지형 때문인지 아니면 알 수 없는 자연의 이치인지는 모르겠으나 중요한 건 무당산의 정기가 이곳으로 모여들고 있다는 점이었다.

물론 물이 높은 곳에서 아래로 흐르듯이 일정 수준이 되면 다른 곳으로 흘러 나가지만 중요한 건 이곳에 있는 기운이 연무동과는 비교도 할 수 없다는 점이었다.

"훌륭해. 하지만 여기보다 더 좋은 장소가 있을 수도 있을 것 같은데."

시간이 흘러도 계속 고여 있는 장소도 분명 있을 터였다.

어쩌면 그런 곳에서 영약이 만들어지고 있을지도 몰랐고.

그러나 중요한 건 여기보다 더 나은 장소가 있을 수도 있지만, 없을 수도 있다는 점이었다.

때문에 유하성은 고민했다.

"일단 여기에서 운기행공을 하고, 그다음을 생각하는 게 현실적으로는 낫겠지."

어느새 해는 중천에 떠 있었다.

무당산은 물론이고 인근의 산을 이 잡듯이 돌아다닌 결과
였다.

산세 깊숙한 곳까지 헤집고 다녔기에 시간이 꽤나 흘러 있
었다.

그렇기에 유하성은 욕심을 잠시 내려놓고 운기행공에 들
어갔다.

후우우웅.

유하성이 태극심법을 운기했다.

처음에는 평범하기 짝이 없는 태극심법이었으나 이제는
개량에 개량을 거듭해 신공이라 불러도 모자람이 없는 내공
심법으로 유하성은 주변에 흐르는 대자연의 기운을 단전에
쌓았다.

단순히 호흡으로 축기하는 걸 넘어 유하성은 단전의 공력
을 이용해 주변의 기운을 끌어당겼다.

꼭 호흡만으로 축기를 할 이유가 있나 하는 의문에서 시작
된 방법이었는데 효과가 상당했다.

'나중에는 전신 모공으로 흡수하면 어마어마하겠는데?'

소용돌이치며 콧구멍으로 빨려 들어오는 대자연의 기운에
살짝 놀랐으나 유하성은 당황하지 않았다.

어느 정도는 예상했던 바여서였다.

게다가 처소에서 몇 번이나 실험하기도 했었고.

휘이이잉!

유하성을 중심으로 바람이 사납게 불었다.

주변의 기운이 빨려 들어가자 자연스레 바람이 일었던 것이다.

그러나 유하성은 오직 체내에 들어오는 기운에만 집중했다.

평소보다 많은 양의 기운이 축적되는 만큼 조심하고 또 조심해야 했다.

'완벽하게 통제해야 해. 그러지 않으면 제멋대로 날뛸 거다.'

대자연의 기는 야생마나 마찬가지였다.

제멋대로 살아온 만큼 통제를 받아 본 적이 없었다.

그리고 다시 대자연으로 돌아가려는 성질도 있었고.

잠시 머물기는 하나 금세 떠나려는 성질을 가진 게 대자연의 기운이었기에 유하성은 체내에 들어온 기운을 본래 가지고 있던 공력과 합일시키는 데 온 신경을 집중했다.

'어떻게 보면 이 정도가 적당하네.'

대자연의 기운이 다른 곳들에 비해 농밀해서 그런지 한 번에 몰아서 들어오자 그 양이 상당했다.

지금의 유하성으로서도 자칫 잘못하면 감당하지 못할 정도로 말이다.

武當霸王
무당
패왕

그렇기에 유하성은 이곳을 택한 걸 잘했다고 생각했다.

만약 욕심을 제어하지 못해 이곳보다 더 기운이 큰 곳에서 운기행공을 했다면 위험했을 터였다.

'집중.'

야생마처럼 쉽게 길들여지지 않겠다고 반항하는 기운을 유하성은 어르고 달래며 흡수했다.

다다익선이라고 공력이 많아서 나쁠 건 없었다.

그렇다고 이 장소에서 오늘 흡수한 기운이 태청단만 한 효과를 내지는 못했다.

하지만 시간이 차곡차곡 쌓인다면 태청단 이상의 효과를 낼 것이었다.

'아직 다 돌아본 것도 아니고.'

이보다 더 나은 장소가 있을 수도 있기에 유하성은 옅은 미소와 함께 계속해서 주변의 기운을 체내로 빨아들였다.

연구동은 날이 갈수록 찾아오는 방문자들이 많아졌다.

번천회에서 파훼법을 만들었다는 소식에 많은 제자들이 경각심을 가지고 연구동을 찾았던 것이다.

그리고 그중에는 무항과 같은 장로들도 있었다.

"확실히 무당파도 충격을 피해 갈 수는 없는 모양이네."

"개방도 마찬가지 아닌가?"

"말도 마라. 파훼법 때문에 우리도 난리다. 근데 머리 좋은 사람이 별로 없어서……."

이춘상이 쓴웃음을 지었다.

문제점에 대해서는 충분히 인지하고 있으나 누구 하나 나서는 이가 없었다.

괜히 거지가 아니라는 듯이 다들 느릿느릿 움직였기에 이춘상은 답답했다.

실제로 머리 쓰는 쪽으로는 개방이 약간 부족하기도 하고 말이다.

"심각성에 대해서는 잘 알고 있을 텐데?"

"당연히 알고 있지. 근데 우리는 무당파와 달리 학사들이 없으니까. 빨빨거리며 돌아다니고 정보 수집하고 조사하는 건 잘하는데 머리 쓰는 일에는 약해. 대부분의 무공이 구전으로 전승되고. 비급이 없는 건 아닌데 본방의 무공들에 비하면 몇 개 없지. 상태도 뭐."

이춘상이 입맛을 다셨다.

개방의 후개이지만 그 역시 무공서고에 마지막으로 찾아간 게 어느덧 십오 년 전이었다.

이제는 기억도 가물가물했다.

"그래도 해야 해. 계속 당할 수는 없잖아?"

"……역시 내가 나서야겠지?"

무당
패왕

"안 하면 하게 해야지. 못 하는 것과 안 하는 건 완전히 다르다."

"알지. 너무 잘 알지. 근데 고난의 길이 보여서 그래. 엄청나게 험난하고 고통스럽겠지."

이춘상의 어깨가 축 늘어졌다.

생각하는 것만으로도 온몸에 힘이 빠지는 느낌이었다.

거기다 수련하는 시간을 빼놓고 생각하면 하루에 한 시진도 자지 못할 게 분명했다.

지금도 거지답지 않게 부지런을 떠는 상태인데 말이다.

"일단 네가 알고 있는 무공부터 해. 그게 가장 중요하기도 하고. 개방의 핵심 무공이잖아?"

"음. 가능할까?"

유하성의 말에 이춘상이 자신 없는 목소리로 대답했다.

다른 무공도 아니고 개방의 핵심 무공이었다.

익히는 것도 어렵지만 개량하는 건 다른 문제였다.

유하성이야 처음부터 복원 작업을 해 왔기에 이런 식의 연구가 익숙하다지만 그는 아니었다.

"힘들다고 포기하려고?"

"그런 뜻이 아니라. 내가 그만한 역량이 되나 의문이 들어서 그러지. 난 네가 아니라고. 그렇다고 저곳의 어르신들처럼 무학에 해박한 쪽도 아니고."

이춘상의 시선이 가을 끝자락인데도 창문을 활짝 열어 놓고서 열정적으로 토론을 하는 노인들에게로 향했다.

무당파와 달리 개방에는 저런 이들이 없어서였다.

지금부터 인원을 꾸린다고 해서 곧바로 성과를 낼 자신도 없었고.

"늦었다고 생각할 때가 가장 빠른 때라는 말도 있잖아. 그리고 미래를 위해서라도 지금부터 준비해야지. 지금 늦었다고 손 놓으면 나중에는 아예 시작도 못 해."

"그치. 그게 맞지."

이춘상이 깊게 한숨을 쉬었다.

시작하기가 막막했지만 유하성의 말이 맞았다.

지금이라도 시작해야 했다.

지금 못 하면 나중에는 더 못 할 게 분명했다.

"방주님과 상의해 봐. 어쩌면 이미 준비하고 계실지도 모르니까."

"그렇진 않을걸?"

이춘상이 장담하듯 말했다.

누구보다 개방을 사랑하는 게 사부이지만 먼저 준비했을 것 같지는 않았다.

현재 중원수호맹의 총단에 있기도 했고.

번천회와의 전쟁을 준비하는 것만으로도 정신이 없을 게 분명했다.

"그건 모르는 거지."

"지금 정신없으실 거다. 드러나지 않은 십천에 대해서도 파악해야 하고, 우릴 습격했던 두 명에 대해서도 조사해야 하니까. 거기까지 신경 쓸 여유가 없을 거야."

"그럼 더더욱 네가 나서야지."

"……그렇지."

이춘상의 고개가 무겁게 끄덕여졌다.

여전히 자신은 없었다.

그러나 누군가는, 정확히는 그가 해야 했다.

"흠흠!"

"무항 사형."

헛기침 소리와 함께 등 뒤에서 인기척이 느껴졌다.

마치 자신이 왔다는 걸 알리는 듯한 헛기침에 유하성은 몸을 돌렸다.

"유 사제, 잠깐 시간 좀 있나?"

"예."

"대화 나누시죠."

알게 모르게 눈치를 살피며 말하는 무항의 모습에 이춘상이 묵례를 한 후 자리를 피해 주었다.

안 그래도 생각할 것이 많기도 했고 말이다.

말은 쉽지 실행하기가 쉽지 않기에 이춘상도 생각을 정리할 시간이 필요했다.

"몸은 괜찮으십니까?"

유하성의 시선이 무항의 몸 곳곳을 훑었다.

사호문이 습격했을 때 가장 큰 상처를 입었었기에 확인하는 것이었다.

"지금은 다 나았네."

"다행이네요."

"나는 아직 젊지 않은가."

무항이 슬쩍 웃었다.

장로이긴 하나 다른 구대문파에 비하면 무항의 나이는 젊은 편이었다.

그렇기에 무항은 아직 건강하다는 듯이 말했다.

"건강할수록 더욱더 신경 써야 한다고 하더라고요."

"맞는 말이네. 너무 과신해도 좋지 않아. 천하제일인도 세월을 이기지는 못하니까. 물론 유 사제에게는 아직 이른 말이기는 하지만."

"나름 젊은 편에 속하니까요."

"분위기가 많이 달라졌지?"

유하성의 옆에 서며 무항이 연구동 주변을 느릿하게 둘러봤다.

예전에도 인원이 적지는 않았지만 지금은 달랐다.

많은 제자들로 북적거렸다.

거기다 무자배의 제자들도 상당했다.

"사호문의 일로 다들 느낀 게 있는 모양입니다."

"그럴 수밖에. 상상조차 하지 못한 일이 벌어졌으니까. 당장 나만 하더라도 충격에서 헤어 나오기가 쉽지 않았으니까."

무항이 무거운 어조로 말했다.

그 정도로 사호문의 습격 때 그가 받은 충격은 컸다.

무당파의 무공에 자부심이 있었던 만큼 파훼법이 존재한다는 사실을 믿을 수 없었다.

하지만 직접 겪었기에 받아들이지 않을 수가 없었다.

"그만큼 번천회가 오래 준비했다는 말이기도 합니다. 일이십 년 가지고 할 수 있는 일이 아니니까요. 은밀하게, 그리고 오랫동안 준비했을 겁니다."

"그러니 아직까지도 십천이 다 밝혀지지 않은 것이겠지. 그런데도 숫자는 계속해서 불어나는 중이고."

현재 가장 큰 문제점이 바로 이것이었다.

번천회를 중심으로 수많은 무인들이 모여들고 있었는데 그중에는 사파인도, 마도인도 있었다.

사람을 가리지 않고 받아들였던 것이다.

그로 인해 단순 규모만 따지면 중원수호맹에 집결한 인원보다 최소 두 배는 더 많았다.

"속가제자, 그리고 방계 들의 이탈도 있고요."

"설마하니 배신을 때릴 줄은 아무도 몰랐지. 장문사형께서도 티는 내지 않고 있지만 아마 받은 충격이 상당할 거다."

"그렇겠지요."

유하성이 수긍하듯 고개를 주억거렸다.

당장 명천만 보더라도 속가제자들, 속가문파들의 이탈 소식을 듣자마자 얼굴이 붉으락푸르락해졌었다.

그러니 무율 역시 다르지 않을 터였다.

"믿었던 도끼에 발등을 찍힌 것이나 마찬가지니까. 거기다 무공 유출까지 생각하면. 후우."

깊은 한숨에서 무항의 고뇌와 분노가 느껴졌다.

그러나 당장 그가 할 수 있는 건 없었다.

사호문 사건 때만 하더라도 무항이 한 건 별로 없었다.

무율이 무당산을 부탁한다고 했건만 결과적으로 무당산을 지킨 건 옆에 있는 유하성이었다.

"이미 유출된 건 어쩔 수 없다고 생각합니다. 그나마 다행스러운 건 상승절학은 없다는 점이고, 그나마 유출된 것도 완전하지 않은 전반부들이지 않습니까."

"진즉에 유 사제의 의견에 따랐어야 했는데, 미안하다."

무항이 조심스럽게 하고 싶었던 말을 꺼냈다.

여기까지 오려고 지금까지의 대화를 한 것이었다.

그러면서 그는 유하성을 힐끔 쳐다봤다.

유하성이 연구동을 세우며 무당파의 무공을 발전, 개량시켜야 한다고 했을 때 가장 극렬하게 반대한 사람이 바로 그였다.

"왜 사과하십니까?"

"그야, 내가 가장 크게 반대했었으니까. 쓸데없는 짓이라는 말도 하고. 근데 그게 한 치 앞도 보지 못한 행동이었으니까. 만약 사제가 연구동을 만드는 걸 밀어붙이지 않았다면 지금보다 피해가 더 컸을 게 분명해. 특히 사호문의 습격이 있었을 때 유 사제가 없었다면……."

무항이 말끝을 흐렸다.

하지만 그럼에도 유하성은 무항이 무슨 말을 하려 하는지 충분히 알 수 있었다.

"저는 신경 쓰지 않습니다. 제가 꼭 맞다고 생각하지도 않고요."

"그래서 더 미안한 것이네. 유 사제는 강요하지 않았지. 그저 대비해서 나쁠 건 없다고 말했으니까. 오히려 쓸데없는 짓이라고 밀어붙인 건 나니까."

무항의 고개가 점차 숙여졌다.

돌이켜 생각하면 그렇게 부끄러울 수가 없었다.

정말 한 치 앞도 보지 못하는 게 자신이었다.

때문에 무항은 꼭 사과를 하고 싶었다.

"개인적으로 다른 의견은 꼭 필요하다고 생각합니다. 절대적인 정답은 없으니까요. 결과적으로 제 생각이 맞았지만 그때 당시에는 저도 확신하지는 않았습니다. 단지 필요하다고 생각해서 시작한 것이고요."

"앞으로 내 도움이 필요한 일이 있다면 언제라도 편하게 말해 주게나. 내가 할 수 있는 건 무엇이라도 하겠네."

"기억해 두겠습니다."

"허허허."

한 번쯤은 거절할 법도 한데 단숨에 알겠다고 대답하는 유하성의 모습에 무항이 웃었다.

그러나 믿지는 않았다.

말은 저렇게 해도 웬만한 일이 아닌 이상 자신에게 말하지 않을 것임을 잘 알아서였다.

"아, 사형께서 도와주셨으면 하는 일이 있습니다."

"말만 하게."

"현재 연구동에 계신 분들께서 알고 계신 무공은 한정적입니다. 그나마도 속가제자들이 익히고 있는 무공이 대부분입니다."

"그럴 테지."

"해서 사형께서 익히고 계신 무공들을 부탁드립니다."

무항의 동공이 일순 흔들렸다.

무슨 말인지 그는 단박에 이해했던 것이다.

하지만 그렇기에 무항은 자신이 없었다.

"내, 내가?"

"예. 사형제들끼리 무론을 주고받는 것도 큰 도움이 될 겁니다."

武當霸王
무당
패왕

"……할 수 있을까?"

무항의 목소리가 점차 작아졌다.

무공을 익히는 것과 발전시키는 건 다른 문제였기 때문이다.

더욱이 현재 그는 익히고 있는 무공을 극성으로 익혔거나 대성한 게 아니었기에 더욱 자신이 없었다.

"처음부터 잘하는 사람이 어디 있겠습니까. 하나씩 차근차근 하시면 됩니다. 제 사부님께서는 두 무공을 복원하시는 데 평생이 걸리셨습니다."

"확실히 명운 사숙에 비하면 쉬운 일이긴 하지."

아무것도 없는 상태에서, 말 그대로 무(無)에서 시작해야 했던 명운과 유하성에 비하면 그는 적어도 완성된 무공이 있는 상태였다.

그렇기에 무항은 유하성 앞에서 약한 소리를 할 수 없었다.

더욱이 그는 무당파의 장로 중 한 명이었다.

"부탁드립니다."

"내가 큰 도움이 될지는 모르겠지만, 최선을 다하겠네."

"그렇게 말씀해 주시는 것만으로도 큰 도움이 됩니다."

"나야말로 고맙네. 그리 말해 주어서. 사실 자신은 썩 없다네. 난 사형제들 중에서도 무공이 특출 난 것도 아니고, 그렇다고 똑똑한 것도 아니라서. 하지만 누군가 해야 한다면 당연히 해야 한다고 생각하네."

그 자신의 영달을 위해서가 아니라 무당파를 위해서였다.

사문을 위한 일이기에 무항은 더 이상 망설이지 않았다.

솔직히 여전히 자신은 없지만, 혹시나 누를 끼치는 건 아닐까 저어되지만 그래도 누군가는 해야 하는 일이었다.

이미 유하성이 하고 있기도 하고.

"감사합니다."

"흠흠! 유 사제도 많이 도와주게나. 이쪽 분야는 유 사제가 전문가이지 않나."

"제가 다른 무공을 알아도 되나 싶습니다만."

"무당의 모든 무공은 태극권에서 나오지 않나. 그 태극권에 가장 해박한 게 유 사제이지 않나. 장문사형도 그 부분에 대해서는 허락할 거라 생각하네. 솔직히 말해서 이미 나보다 강한 게 유 사제이지 않나? 그런데 내가 익힌 무공이 과연 필요할까?"

유하성이 어색한 미소를 지었다.

긍정도, 부정도 할 수가 없어서였다.

그리고 무항 역시 그런 유하성의 심정을 잘 알고 있었다.

"장담컨대 아마 다들 같은 생각일 거야. 대부분의 제자들이 나보다 더 유 사제를 의지하고 있고."

"감사하게 생각하고 있습니다."

"이번 일로 아마 다들 느꼈을 거야. 유 사제가 본 문에 얼마나 중요한 인물인지 말이야. 애써 인정하기 싫어하는 이들도."

당장 무항만 하더라도 유하성을 탐탁지 않게 생각했었다.

하지만 지금은 생각이 달라졌다.

"인정이라."

"물론 유 사제는 그런 거에 딱히 신경 쓰지 않겠지만."

무항이 씨익 웃었다.

이제는 어느 정도 유하성에 대해 알게 되었기에 무항은 장담하듯 말했다.

"만약 사부님께서 살아 계셨다면 좋아하셨을 것 같습니다."

"당연히 그러셨을 것이네."

명운을 본 적은 없지만 유하성을 보니 무항은 그가 어땠을지 예상할 수 있었다.

흔히 이런 말이 있지 않던가.

자식을 보면 부모를 알 수 있다고.

"바로 시작하죠. 할 일이 많습니다."

"으음! 시작인가."

미소 지었던 무항의 얼굴이 삽시간에 얼어붙었다.

막상 시작해야 한다고 하자 마음이 무거워졌던 것이다.

하지만 이내 양손으로 스스로의 뺨을 크게 때리고는 정신 차렸다.

짜아악!

"그렇게까지 하실 필요는 없습니다만."

"나름의 각오이네. 절대 허투루 하지 않겠다는. 이렇게라도 사문에 도움이 되고 싶기도 하고."

"너무 부담 가지지 않으셔도 됩니다."

"알고 있네. 그래도 이왕 시작한 거 성과를 내고 싶어서 말이야."

무항이 각오를 다지며 연구동으로 향했다.

그리고 그 인원은 시간이 갈수록 늘어났다.

툭. 툭.

유하성은 창가에 서서 오늘도 열심히 수련하고 있는 백현승과 곽두일을 바라봤다.

호북성을 돌면서도 유하성은 곽두일의 무공을 좌수검에 맞게 변형했고, 얼마 전에 드디어 완성했다.

물론 이론적으로는 완벽하나 실제로는 얼마든지 문제가 발생할 수 있기에 지켜보는 중인데 아직까지는 다행히 큰 문제는 없었다.

곽두일도 그간의 노력이 결실을 맺은 모양인지 빠르게 새로운 무공에 적응하고 있었다.

"문제는 현승이 쪽인가."

창틀을 두드리며 유하성이 중얼거렸다.

가장 큰 고충거리였던 곽두일의 무공이 해결되자 이번에는 백현승이 떠올랐다.

대청표국을 재건하겠다는 목표로 열심히 노력은 하고 있으나 성장세는 각오만큼 크지 않았다.

분명 하루하루 발전하는 건 맞았으나 문제는 성장 폭이었다.

"영약은 이르고."

군룡도문과 군호표국을 멸문시키면서 얻게 된 영약이 적지 않았다.

엄청나게 좋은 건 아니었으나 그렇다고 쉽게 구할 수 있는 것도 아니었다.

하지만 지금 먹어서는 크게 도움이 되지 않는다고 생각했다.

물론 지금 먹어도 효과는 보겠지만 최고의 효율을 뽑아내기는 힘들었다.

"내가 너무 조급하게 생각하나."

습관적으로 창문틀을 두드리던 유하성이 고개를 들어 하늘을 올려다봤다.

시간이 꽤 흐른 것 같았지만 실제로는 반년도 채 흐르지 않았다.

　많은 일이 있었음에도 불구하고 말이다.

　"뭘 조급하게 생각해?"

　"말은 하고 들어오지?"

　"무슨 소리. 내가 세 번이나 문을 두드렸는데. 네가 못 들은 거야."

　"소리 없이 두드린 건 아니고?"

　유하성의 곁으로 피곤이 얼굴에 덕지덕지 붙어 있는 모습의 이춘상이 들어왔다.

　사람이 많아서 그런지 나름 머리도 감고 세수도 했던 이춘상인데 지금은 달랐다.

　며칠째 씻지 않은 모양인지 몰골이 꾀죄죄했다.

　"그럴 힘도 없다."

　"차라리 총타에 가는 게 낫지 않아? 여기 있으면 너도 그렇고 여러 사람 피곤하잖아."

　"총타나 여기나 거기서 거기다. 하는 일은 똑같아. 오히려 총타에 가면 의지가 약해져서 안 돼. 여기 있어야 의욕과 열정이 샘솟거든."

　피곤에 절어 있는 모습임에도 이춘상은 유하성을 보며 눈을 빛냈다.

　마치 호적수가 있는 곳에 자신이 있어야 한다는 듯이 말이

武當霸王
무당
패왕

다.

"진정한 무인은 장소를 따지지 않는 법인데."

"우리 나이대에는 자극이 무엇보다 중요하니까. 근데 뭘 그렇게 고민하고 있어? 현승이?"

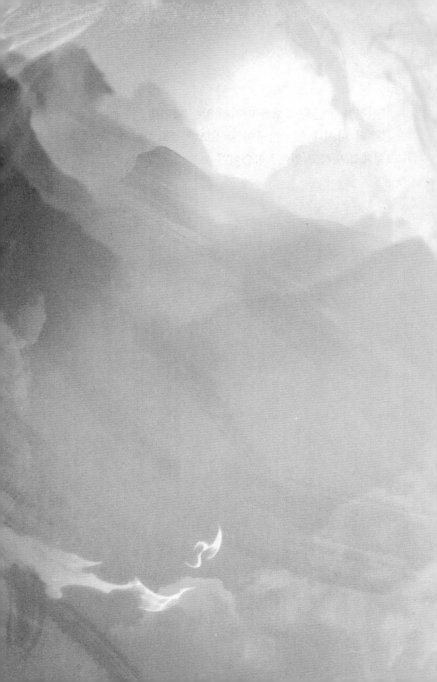

제41장 잡았다, 요놈!

유하성의 옆에 선 이춘상이 고개를 돌렸다.

방금 전까지 유하성이 바라보던 곳으로 시선을 옮겼던 것
이다.

"응."

"현승이 열심히 하고 있잖아? 또래 중에서 제일 일찍 나오
고, 제일 마지막까지 수련하는 게 현승이야."

"나도 알고 있지."

"근데 왜?"

이춘상의 두 눈에 의문이 떠올랐다.

게으름을 피운다면 모르겠으나 그가 알기로 백현승은 절
대 게으름을 피우지 않았다.

첫인상은 빼질이였으나 지금은 달랐다.

누구보다 열심히 노력하고 있었기에 이춘상이 고개를 갸웃거렸다.

"내가 조급해하는 것 같아서."

"네가? 아, 현승이의 성장세 때문에?"

"응."

"그건 조급한 거 맞네. 서두르다가 넘어지는 법이야. 내가 이렇게 말하는 게 자격 없을지도 모르지만 현승이는 잘하고 있어."

이춘상이 고개를 돌려 다시 백현승을 쳐다봤다.

물론 백현승의 재능이 어떤지는 그도 잘 알았다.

천재나 수재하고는 거리가 멀었다.

하지만 백현승은 우상이 그래 왔던 것처럼 묵묵히 나아가고 있었다.

다른 사람이 보기에는 거북이처럼 느려 보이지만 중요한 건 나아가고 있다는 점이었다.

오직 하나의 목표만 생각하며 묵묵히 말이다.

"그것도 알고 있지."

"욕심이야. 내려놔."

"역시 그렇지?"

"응. 영약도 때가 있는 법이야. 그보다 곽 표두님께 말도 안 되는 무공을 전수했더만."

이춘상의 시선이 백현승의 옆에서 쉴 새 없이 움직이고 있
는 곽두일에게로 향했다.

적지 않은 나이인데도 곽두일은 장년의 집념을 보여 주겠
다는 듯이 무섭게 수련에 열중하고 있었다.

특히 이춘상을 놀라게 한 건 곽두일이 정한 방향성이었다.

"괜찮지?"

"웬만한 절정무공은 씹어 먹겠던데? 거기다 생소한 좌수
검이잖아. 상대하기 까다로운 걸 생각하면 더 위협적이지."

"대성을 한다면 말이지."

"그건 뭐 모든 상승절학이 다 그렇지. 세상일이 뭐 마음먹
은 대로 되냐? 그것보다 난 놀라운 게 곽 표두님의 움직임이
야. 저거 네가 조언해 준 거지?"

지금 이 순간에도 곽두일은 쉬지 않고 움직였다.

그러나 절대 생각 없이 움직이는 건 아니었다.

초식과 함께 가상의 적을 향해 움직이고 있었다.

"아무래도 정면 대결은 힘드니까. 거기다 팔이 하나 없기
도 하고. 그래서 정면으로 붙으면 불리하다고 생각했지."

"그래서 일격필살을 노린 거구만."

"맞아. 상대와 닿으면 어떻게든 결판을 내야 해. 그게 병
기든 육체든."

"살벌하네."

유하성의 말대로 곽두일이 펼치는 검식은 청정도문의 검

공이라고 하기에는 지나치게 살벌했다.

아니, 살벌한 수준을 넘어 살기가 느껴질 정도였다.

원래부터 살벌한 초식에 곽두일의 집념이 더해지니 더더욱 예리해지고 매서워졌다.

"그렇게 느껴졌다면 다행이네."

"대성하면 장난 아니겠는데."

"그랬으면 좋겠다. 현승이를 위해서라도."

"극단적이라 더 무서울 것 같아."

이춘상은 살짝 질린 표정을 지었다.

대성하면 어떤 모습일지 지금만으로도 충분히 예상이 가서였다.

만약 무당파와 연이 없었다면 마도의 무공이라 해도 믿을 터였다.

그 정도로 마음먹고 살기를 담으면 무시무시할 것 같았다.

"빠른 시간 안에 강해지려면 하나만 파는 게 좋으니까. 개방은 좀 어때?"

"열심히 준비 중이야. 지난번에 말했다시피 너를 좀 따라 했지."

"모방이 꼭 나쁜 건 아니니까."

"우리 쪽도 은근히 많더라고. 말을 안 해서 그렇지. 근데 무당파와 다른 점은 무공을 잃었어도 귀찮아하는 건 달라지지 않았다는 거지."

무당
패왕

"힘내라."

유하성의 응원에도 이춘상은 연거푸 한숨을 내쉬었다.

진짜 마음먹고 열심히 하고 있는데 성과는 미미했다.

무당파처럼 팍팍 모이는 단결력이라고는 눈을 씻고 찾아봐도 보이지 않았기에 이춘상은 한숨만 푹푹 쉬었다.

스스슥.

보름달이 떠 있는 야심한 밤에 무당산을 오르는 인영이 있었다.

검은색 야행복으로 몸을 꽁꽁 감싸고 있는 흑의복면인은 두 눈만 드러낸 채로 주위를 빠르게 훑었다.

순식간에 무당파의 산문을 넘어 경내에 진입한 흑의복면인은 가장 가까운 곳의 건물 옆으로 이동했다.

만월이 만들어 준 건물 그림자에 몸을 숨겼던 것이다.

'역시 경계를 서고 있군.'

무사히 무당파 내부에 진입한 흑의복면인의 눈가가 씰룩였다.

정도무림의 양대산맥이라 불리는 무당파이기에 그는 살짝 긴장했었다.

그런데 쓸데없는 긴장이었던 듯싶었다.

곳곳에 경계를 서고 있는 무당파의 제자들이 보였지만 정작 그를 알아차린 이는 없었다.

'너무 쉬우면 재미없는데 말이지.'

무당파에 가겠다는 자신을 극구 말렸던 사형을 떠올리며 흑의복면인이 히죽 웃었다.

그러면서 정작 자신은 소림사를 노렸기에 흑의복면인은 코웃음을 쳤었다.

무당파를 노리는 자신이나 소림사로 가는 사형이나 다를 게 없어서였다.

어느 곳이든 위험한 건 매한가지였다.

'그렇게 보면 우리 사형제들도 배짱은 참 두둑하단 말이지.'

피는 섞이지 않았으나 워낙에 오래 함께 있어서 그런지 이제 다섯 명은 친형제나 마찬가지였다.

성격은 각각 다른데 묘하게 하는 행동은 비슷했다.

세 동생들도 그와 사형을 따라 하듯 명문세가의 비급을 노리고 떠난 상태였다.

'성공하면 전부 다 우리 것이니까. 흐흐흐흐!'

흑의복면인이 복면 속에서 음흉하게 웃었다.

상상하는 것만으로도 온몸이 짜릿해져서였다.

대문파라며, 명문세가라며 거들먹거리던 놈들에게 제대로 한 방을 먹여 줄 수 있었기에 흑의복면인은 상상만 해도 흥

武當霸王
무당
패왕

분이 되었다.

더욱이 작업이 성공하면 공공문(空空門)이 소림사나 무당파, 남궁세가처럼 천하를 호령하는 것도 불가능하지만은 않았다.

'다른 건 몰라도 태극혜검과 태극신공은 반드시 손에 넣어야 해.'

흑의복면인이 두 눈을 번뜩였다.

무당파의 장문인만 익힐 수 있다는 절대무공이 바로 태극혜검이었다.

그렇기에 흑의복면인은 다른 무공은 포기해도 이 두 무공만은 손에 넣을 생각이었다.

'여유가 된다면 면장과 십단금도.'

현재 십천의 골칫덩이가 바로 권패라 불리는 유하성이었다.

번천회의 일을 번번이 망친 인물이었기에 흑의복면인은 시간이 된다면 유하성이 복원했다는 면장과 십단금도 손에 넣고 싶었다.

태극혜검만큼은 아니지만 무당면장과 십단금도 천하일절이라 부르기에 모자람이 없었다.

'나머지는 있으면 좋지만 없어도 상관없지. 태극신공과 태극혜검이 있다면.'

네 개의 무공을 제외하면 나머지는 파훼법이 어느 정도 나와 있는 상태였다.

그렇기에 흑의복면인은 다른 무공은 딱히 관심이 없었다.

애초에 무당산에 오른 것도 이 두 개의 무공 때문이었다.

'어디 보자.'

상상의 나래를 펼치던 흑의복면인이 고개를 흔들며 정신을 차렸다.

그러고는 집중했다.

기뻐하는 건 목표를 이룬 다음에 실컷 해도 늦지 않았다.

지금은 태극혜검과 태극신공의 무공비급을 찾는 데 집중해야 했다.

'무공서고에는 없을 거야. 두 무공은 장문인과 차대 장문인이 될 대제자만 익힐 수 있으니까.'

보름달이 떠 있다고 하나 구름이 많았기에 경내는 어두웠다.

그런데도 흑의복면인은 마치 사방이 훤히 보이는 것처럼 거침없이 경내를 가로질렀다.

익숙하게 원하는 장소로 이동했던 것이다.

그러면서도 그는 주위를 꼼꼼하게 살폈다.

'방심은 금물.'

침입을 알아차리지 못했다고 하나 언제까지고 모를 거라고는 장담하기 힘들었다.

특히 현재 무당파에는 장문인 못지않은 강자라 인정받고

있는 권패가 있었기에 조심해서 나쁠 건 없었다.

'물론 이 몸이 쉽게 들킬 리가 없지만.'

흑의복면인이 비릿하게 웃었다.

공공문의 이 인자가 바로 그였다.

문주인 사형을 제외하면 가장 뛰어난 실력을 가진 게 그였기에 흑의복면인은 자신이 있었다.

제아무리 권패가 명성을 날린다고 해도 자신의 기척을 잡아내지는 못할 거라고 말이다.

'애초에 연구동은 목적지와 거리가 제법 떨어져 있기도 하고.'

흑의복면인이 괜히 자신하는 게 아니었다.

목적지와 유하성의 처소가 가까웠다면 긴장했겠지만 다행스럽게도 두 곳은 상당히 떨어져 있었다.

물론 원로라 할 수 있는 명덕이 있기는 하지만 무위로 유명한 무인은 아니었기에 흑의복면인은 집중은 하되 크게 긴장하지는 않았다.

평소대로만 한다면 장문인의 집무실을 충분히 털 수 있다고 생각했다.

스윽.

무당파에서 가장 깊은 곳.

더불어 가장 역사가 깊은 곳에 흑의복면인이 발을 들였다.

심처라고 해도 과언이 아닌 장문인의 집무실에 들키지 않고 입성한 것이었다.

그 사실에 흑의복면인이 복면 속으로 아주 흡족한 미소를 지었다.

'보이는 곳에 두었을 리는 없고.'

무당파 무공의 정수라고도 불리는 게 태극혜검이었다.

그런 만큼 아무 곳에나 놔두지는 않았을 터였다.

때문에 흑의복면인은 매의 눈으로 방 안을 살폈다.

혹시라도 숨겨진 공간이 있나 확인하는 것이었다.

스슥. 슥.

창문 밖에서 들려오는 바람 소리보다도 작은 미세한 소리와 함께 흑의복면인의 신형이 미끄러지듯이 움직였다.

그러고는 방 곳곳을 꼼꼼하게 살폈다.

최대한 빨리 원하는 물건을 찾아 들고 나가야 했으나 흑의복면인은 절대 서두르지 않았다.

오히려 침착하게 내부를 확인했다.

'다른 공간은 딱히 없는 거 같은데.'

모두가 잠든 시각임에도 흑의복면인은 조심하고 또 조심했다.

그러면서도 확실하게 구석구석을 살펴봤다.

전문가답게 이상하다 싶은 곳은 전부 다 확인했던 것이다.

하지만 어디에서도 원하는 물건은 보이지 않았다.

'장문인의 처소로 가 봐야겠군.'

비밀스러운 공간이나 장치에 일가견이 있는 게 흑의복면인이었다.

제대로 털기 위해서는 어디에다 숨겨 놓았는지 알아보는 안목이 필수였다.

그러나 그의 눈에 딱히 수상해 보이는 곳은 없었다.

때문에 흑의복면인은 결정을 내렸다.

'그런데 거기에도 없다면……'

흑의복면인의 미간이 좁혀졌다.

집무실에 없다면 처소에 있을 가능성이 컸지만 만약의 상황도 준비해 두어야 했다.

만약 처소에 태극신공과 태극혜검이 없다면 흑의복면인의 선택지는 하나밖에 없었다.

'십단금과 면장이 뛰어나기는 하나 태극혜검과 태극신공에 비하면 부족하지.'

흑의복면인이 복면 속에서 쓴웃음을 지었다.

분명 무당면장과 십단금은 대단한 무공이었다.

괜히 강호일절이라 불리는 게 아니었다.

하지만 태극신공과 태극혜검에 비하면 아무래도 무게감이 떨어지는 게 사실이었다.

'너무 앞서 생각하지 말자. 아직 장문인의 처소에는 들어가지도 않았으니까.'

집무실은 충분히 살펴봤기에 흑의복면인은 망설이지 않고

몸을 돌렸다.

이 정도로 살펴봤는데도 없으면 진짜 없는 것이었다.

그런데 살짝 열어 둔 창문에 손을 뻗을 때 낯선 목소리가 적막을 갈랐다.

"무당파 장문인의 집무실에 몰래 들어올 정도로 간 큰 도둑이라. 번천회에 양상군자(梁上君子)가 있을 줄은 몰랐군. 괜히 십천 중 다섯 곳이 밝혀지지 않은 게 아니었어."

흠칫!

난데없이 들려오는 남자의 목소리에 흑의복면인이 대경실색했다.

동시에 그는 반사적으로 몸을 날렸다.

이렇게 가까이 접근할 때까지 기척을 느끼지 못했다는 건 한 가지를 뜻했다.

그렇기에 흑의복면인은 망설이지 않고 도주했다.

휘이이익!

전력 질주하는 흑의복면인의 뇌리에는 태극혜검과 태극신공은 없었다.

오직 하나, 도주만 생각했다.

욕심도 살아 있을 때나 부릴 수 있는 것이었기에 흑의복면인은 뒤도 돌아보지 않고 전력을 다해 달렸다.

기척을 죽이며 무당파의 경내를 관통했다.

스으윽!

그러면서도 흑의복면인은 절대 바람을 정면에 두지 않았다.

혹시라도 체취를 맡고 추격해 올 수도 있기에 흑의복면인은 주도면밀하게 이동했다.

급박한 상황임에도 한 줄기 냉정함은 유지하고 있었던 것이다.

하지만 상대가 나빴다.

"오는 건 마음대로지만, 가는 건 아냐."

"헉!"

선불 맞은 멧돼지처럼 오직 정면만 보고 전력 질주했던 흑의복면인이 기겁했다.

달린 시간은 일각 정도였으나 그의 속도를 생각하면 상당한 거리를 달렸을 터다.

그런데 무당파 장문인의 집무실에서 마주쳤던 인물은 그보다 먼저 도착해 있었다.

스슥!

하지만 놀람은 잠시뿐이었다.

흑의복면인은 재차 땅을 박찼다.

따라잡혔다고 놀라서 아무것도 하지 못하는 건 초보자나 하는 짓이었다.

노련한 양상군자인 그는 곧바로 평정심을 되찾고는 방향을 틀었다.

'더 빠르게!'

사실 흑의복면인은 방금 전까지 전력을 다해 도주했었다.

그러나 지금은 혼신의 힘을 다했다.

속된 말로 젖 먹던 힘까지 쥐어짜서 도망쳤다.

그로 인해 방금 전과는 달리 이동하면서 소리가 났지만 흑의복면인은 개의치 않고 속도에 집중했다.

'소리보단 속도다. 내 은신술도 간파한 녀석이야. 살짝 방심했다고 하나 기감이 대단하니 차라리 속도에 집중하는 게 낫다.'

우선은 거리를 벌리는 게 먼저였다.

최대한 거리를 벌린 후 그때 가서 은밀하게 숨어들어도 늦지 않았다.

중요한 건 흔적은 남겨도 꼬리는 잡히지 않는 것이었다.

그러면서 그는 가장 가까이에 있는 안가를 떠올렸다.

'적당히 거리가 벌어졌다 싶을 때 방향을 튼다. 흔적을 몇 개 흘려 두고.'

흑의복면인은 단순히 도주만 생각하지 않았다.

수십 년 동안 활동하면서 생사의 기로에 섰던 적도 많았었다.

하지만 지금 보다시피 그는 살아 있었고, 여전히 현역으로 활동했다.

그런 만큼 흑의복면인은 자신이 있었다.

'싸우는 건 못하지만 이런 쪽에는 전문가란 말이지.'

그와 사형제들이 대문파와 명문세가의 무공비급을 노린 이유는 다른 십천들의 부탁도 부탁이지만 사실 다른 이유가 있었다.

흑의복면인은 도둑질을 좋아하지만 언제까지나 도둑으로 남고 싶은 마음은 없었다.

좋아하는 도둑질은 취미 생활로 해도 충분했다.

대신 그는 강호를 호령하는 절대고수가 되고 싶었다.

'무당파는 실패했지만 사형과 사제들 중에 한 명만 성공하면……!'

흑의복면인이 이를 악물었다.

실패했다는 게 너무나 자존심이 상했지만 지금 중요한 건 안전하게 빠져나가는 것이었다.

그리고 다섯 명 중 한 명만 성공하더라도 공공문에는 이득 이었다.

하나같이 천하를 호령하던 곳의 절대무공이니만큼 손에 넣는다면 그들 역시 절대고수가 될 수 있었다.

'그 새끼들만 절대고수가 되라는 법은 없지. 우리도 할 수 있다.'

물론 단순히 상승절학을 손에 넣는다고 해서 모두가 절대 고수가 되는 건 아니었다.

그러나 중요한 건 가능성이었다.

적어도 같은 출발점에서 시작할 수 있기에 흑의복면인은 공공문이 소림사나 무당파, 남궁세가처럼 되는 것도 불가능하다고는 생각하지 않았다.

　　'만들 수 없다면, 훔치면 될 일이지!'

　　중원무림에서 훔치는 걸 가장 잘하는 곳이 공공문이었다.

　　그것도 대대로 명성을 유지하며 역사와 전통이 있는 곳이 공공문인 만큼 흑의복면인은 사형과 사제들을 믿었다.

　　비록 자신은 실패했지만 사형제들 중 최소 한 명은 성공했을 거라고 말이다.

　　'헉헉! 이 정도면 꽤 벌어졌겠지?'

　　혼신의 힘을 다해서 그런지 숨이 찼다.

　　그러나 흑의복면인은 경계를 늦추지 않았다.

　　가능성은 희박하지만 상대의 경신술이 뛰어날 수도 있기에 조심해서 나쁠 건 없었다.

　　더욱이 이곳 지리는 저쪽이 더 밝을 수밖에 없기에 흑의복면인은 빠르게 움직이며 이곳저곳에 가짜 흔적을 남겼다.

　　'실수로 남긴 것처럼. 너무 티 나지 않게.'

　　용의주도하게 흔적을 남기며 흑의복면인이 쉴 새 없이 눈알을 굴렸다.

　　팔다리를 놀리면서도 주변을 끊임없이 확인했던 것이다.

　　'이제 안가로 가면 된……'

　　"하암! 참 오래도 빨빨거리네. 난 야반도주하기에 어디 대단한 곳으로 가나 했는데, 고작해야 미끼 만든 게 다야? 아니면 이제 슬슬 안가로 가려 했나?"

흠칫!

등 뒤에서 들려오는 낯선 사내의 목소리에 흑의복면인이 반사적으로 움찔거렸다.

그런데 그가 놀란 건 낯선 음성이 들려와서가 아니었다.

지금 들려오는 목소리가 무당파 장문인의 집무실에서 들었던 목소리와 달랐기에 흑의복면인은 마른침을 삼켰다.

"알면서 왜 말해? 조용히 뒤따라가려고 했는데."

"안가가 뭐 특별할 거 같아? 그냥 여느 평범한 집이랑 다를 게 없어. 밥 먹고, 똥 싸고, 잠 좀 자고. 안가라고 해서 엄청나게 특별한 은신처라고 생각하면 오산이야."

부르르르!

뒤이어 장문인의 집무실에서 들었던 목소리가 함께 들리자 흑의복면인은 재차 땅을 박찼다.

뒤도 돌아보지 않고 다시 도주를 선택했던 것이다.

한데 그의 앞으로 거뭇한 그림자가 솟구쳤다.

"큭!"

"미안하지만 나도 경신술에는 일가견이 있거든. 추적술도 나름 하는 편이지. 배울 때는 정말 지겨웠는데 막상 배워 두니까 쓸모가 있네?"

"오, 옥만개?"

"후후! 내가 좀 유명해지긴 했나 봐?"

거지라고 하기에는 지나치게 잘생긴 외모에 흑의복면인이 기겁했다.

이춘상을 보자 어째서 자신이 두 번이나 따라잡혔는지 이해가 되었던 것이다.

하지만 그가 경악한 건 단순히 이춘상이 눈앞에 서 있어서가 아니었다.

부들부들!

흑의복면인은 몸을 떨며 뒤를 돌아봤다.

누가 퇴로를 점하고 있는지 확인하기 위해서였다.

물론 누구인지 예상은 하고 있었다.

그러나 확인하지 않는 것과 확인하는 것의 차이는 컸기에 흑의복면인은 널뛰듯이 크게 흔들리는 심장을 부여잡고서 몸을 돌렸다.

"우리는 서로 할 말이 많은 것 같은데."

"히이익!"

역시나 예상했던 대로 무당권패라 불리는 유하성이 서 있자 흑의복면인이 기이한 신음 소리를 흘렸다.

하지만 그럼에도 그는 포기하지 않았다.

앞뒤로 포위당한 상태였지만 수가 없는 건 아니었다.

퍼펑!

흑의복면인의 두 손가락이 미세하게 움직인 순간 두 번의

武當霸王
무당
패왕

폭발음이 들렸다.

동시에 그를 중심으로 매캐한 연기가 피어올랐다.

소매 사이에 있던 연막탄을 터트린 것이었다.

만약의 사태에 대비해 늘 준비해 놓는 것이었기에 별다른 동작 없이 사용하는 게 가능했다.

"이 새끼 독도 섞었어!"

검고 새하얀 연기가 순식간에 사방을 뒤덮자 이춘상이 손으로 코와 입을 가리며 소리쳤다.

맡는 순간 연막탄 속에 독연도 섞여 있음을 느낄 수 있어서였다.

그래서 그는 재빠르게 개방의 비기로 만든 해독제를 입에 넣었다.

"역시 번천회라고 해야 하나."

"하나 줄까?"

"됐어. 이 정도는 괜찮아."

푸스스스…….

유하성의 손끝에서 자그마한 연기가 피어올랐다.

미량이지만 체내에 들어온 독기를 내공을 이용해 밖으로 내보낸 것이었다.

"어후, 괴물."

그 모습에 이춘상이 질린 표정을 지었다.

태청단 하나 먹고 너무 많이 강해진 것 같아서였다.

물론 태청단이 무당파를 대표하는 영단이라고 하지만 그래도 이건 너무했다.

"확실히 실력은 뛰어나네."

"괜히 무당파 장문인의 집무실을 노린 게 아니겠지. 자신 감이 있으니까 도전했겠지?"

"그만큼 알고 있는 것도 많을 테고."

"아마도?"

이춘상이 의미심장하게 웃었다.

산에서 불어오는 바람으로 인해 연기는 어느새 깔끔하게 흩어진 상태였다.

그리고 연막탄과 독탄을 터트린 흑의복면인 역시 감쪽같이 모습이 사라졌다.

한데 그럼에도 두 사람의 표정에는 여유가 있었다.

"그래서 기대가 커."

쿠웅!

어디에서도 흔적을 찾을 수 없었지만 유하성은 태연했다.

그러더니 대뜸 진각을 밟았다.

서 있는 대지를 내리찍었던 것이다.

"컥!"

제대로 힘을 실어 지면을 찍자 유하성을 중심으로 동심원을 그리며 지진이 일어났다.

그리고 유하성과 이춘상에게서 멀리 떨어지지 않은 곳에

武當覇王
무당
폐왕

서 땅이 솟구치며 검은 인영이 모습을 드러냈다.

지둔술로 숨어 있던 흑의복면인이 충격에 의해 강제로 뽑혀 나온 것이었다.

연막탄을 터트리고 잽싸게 도망친 것처럼 꾸몄으나 실상은 바로 아래 숨어 있었다.

"비도로 파공성을 내는 치밀함은 대단하지만, 안타깝게도 상대가 나빴어. 어중간한 잔머리에 당할 우리가 아니란 말씀!"

"어, 어떻게?"

등잔 밑이 어둡다는 속담처럼 도망치는 것보다 땅 아래 숨는 것을 택했던 흑의복면인이 믿을 수 없다는 표정을 지었다.

어쭙잖은 지둔술이라면 들키는 게 당연했지만 그가 익힌 기술은 중원에서도 손꼽히는 무공이었다.

지둔술에 한해서는 공공문주인 사형보다도 그가 더 뛰어났다.

그런데도 유하성이 단박에 알아채자 흑의복면인은 믿을 수가 없었다.

"느껴지더라고."

"말도 안 돼!"

"억울하면 다시 제대로 펼치든가."

저벅저벅.

유하성이 느릿하게 발걸음을 옮겼다.

온몸에 눅눅한 흙이 덕지덕지 묻어 있는 흑의복면인에게
로 다가갔던 것이다.

그러나 흑의복면인은 도망칠 수가 없었다.

눈이 마주치자 이상하게도 발이 떨어지지 않았다.

"끄으윽!"

의지를 거부하는 육신에 흑의복면인이 이를 악물었다.

하지만 점혈을 당한 것도 아닌데 다리가 얼어붙은 것처럼
꼼짝도 하지 않았다.

그리고 다가오는 유하성의 모습이 점차 커져 보였다.

'젠장! 이대로 붙잡힐 수는 없어!'

흑의복면인의 두 눈에 핏발이 섰다.

이미 모든 정황이 들킨 상황이었다.

붙잡히는 순간 고문과 죽음밖에는 주어지지 않을 것이기
에 흑의복면인은 아랫입술을 깨물었다.

그러자 비릿한 피 맛과 함께 몸이 움직였다.

스슥!

정면 대결로는 이춘상은커녕 유하성에게 승산이 없었다.

거기다 연막탄과 독탄을 사용했으니 그에 따른 대비를 하
고 있을 터였다.

그렇기에 흑의복면인은 손을 번개같이 움직여 품속으로
가져갔다.

이것만은 사용하고 싶지 않았지만 어쩔 수 없었다.

'조금만, 조금만 사용하고 바로 멈추면…….'

턱.

흑의복면인의 두 눈이 화등잔만 하게 커졌다.

그의 손이 품속에 들어간 순간 어느새 다가온 유하성이 팔뚝을 잡았다.

"이익!"

하지만 흑의복면인도 가만히 당하고만 있지는 않았다.

유하성의 손을 뿌리치기 위해 팔을 거칠게 흔들었던 것이다.

그러나 아무리 빨라도 유하성의 내기보다 빠르지는 못했다.

털썩!

팔뚝을 통해 들어오는 사나운 기운에 흑의복면인의 무릎이 굽혀졌다.

미처 반응할 새도 없이 내부를 헤집어 버리자 흑의복면인으로서는 당할 수밖에 없었다.

'이, 이대로 정신을 잃을 수는……!'

흐릿해지는 정신에 흑의복면인이 이를 악물며 어떻게든 버티려고 했으나 소용이 없었다.

이내 그는 축 늘어졌다.

좌아악!

"흡!"

얼굴에서 느껴지는 차가운 감촉에 기절해 있던 장년인이 화들짝 놀라며 두 눈을 부릅떴다.

뺨을 때리는 찬물에 정신이 번쩍 든 것이었다.

하지만 딱 거기까지였다.

마혈을 점혈당한 데다가 팔다리가 묶여 있었기에 장년인이 할 수 있는 건 눈알을 굴리는 것밖에 없었다.

"이놈이 감히 겁도 없이 무당파 장문인의 집무실을 침입했단 말이지."

"예."

장년인이 눈알을 데구루루 굴렸다.

그러자 냉엄한 표정으로 자신을 내려다보는 노인이 눈에 들어왔다.

'명덕!'

만난 건 처음이지만 장년인은 눈앞의 노인이 누구인지 알았다.

무당산에 오르기 전 용모파기로 무당파의 주요 인물들에 대해 조사했기에 장년인은 마른침을 삼켰다.

동시에 기절하기 직전의 기억이 떠올랐다.

'소지품은 역시 죄다 빼앗겼나.'

복면은 물론이고 소지품 전부가 사라졌음을 장년인은 느낄 수 있었다.

심지어 입안에 독단이 있는지도 확인했는지 혀에서 끔찍한 맛이 느껴졌다.

그것도 심각하게 썩은내가 말이다.

입안 가득 풍겨 오는 그 악취에 장년인은 누가 자신을 수색했는지 알 수 있었다.

"주둥이는 멀쩡하다는 걸 알고 있겠지."

"……."

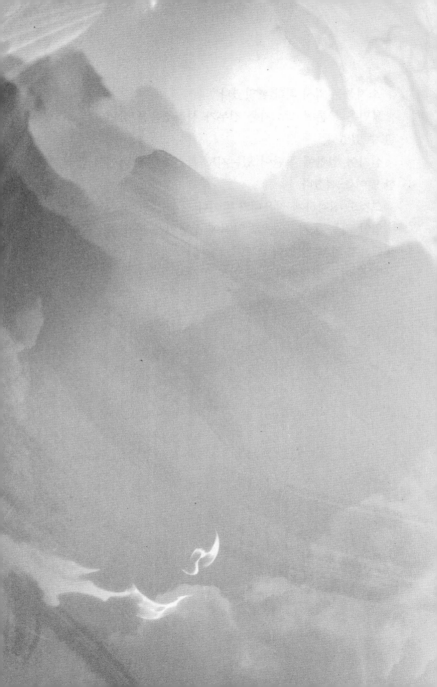

제42장 제일 무서운 고문

명덕이 부리부리한 안광을 뿌리며 장년인을 노려봤다.

그리고 그 옆에서는 무항이 장년인을 찢어 죽일 듯한 눈빛으로 쏘아보고 있었다.

"역시 쉽게 입을 열 생각이 없나 보네요."

두 사람의 매서운 눈빛에도 입을 굳건히 다물고 있는 장년인의 모습에 이춘상이 중얼거렸다.

그런데 의외로 이춘상의 목소리는 담담했다.

조금의 짜증도 담겨 있지 않았던 것이다.

"처음에는 다들 그렇지. 하지만 결국에는 입을 열기 마련이지."

명덕의 두 눈이 형형하게 번뜩였다.

그러나 살기가 감도는 눈빛에도 장년인의 표정은 변화가 없었다.

오히려 얼마든지 하고 싶은 대로 하라는 듯이 두 눈을 감았다.

"준비를 아주 철두철미하게 했어. 연막탄이랑 독탄도 흑점에서 파는 것들이고. 특정할 수 있는 물건이 단 하나도 없고. 고수는 병기를 가리지 않는다는 말처럼 전부 다 흔하게 구할 수 있는 것들이더라고."

이춘상이 능글거리며 입을 열었다.

소지품을 통해 알아낸 것들을 말한 것이었다.

하지만 그 말에도 장년인은 반응을 보이지 않았다.

"그런데 너무 완벽하니까 어느 한 곳이 떠오르더라고. 또 무당파 장문인의 집무실을 노릴 정도면 적어도 대도(大盜)라 불릴 정도의 실력을 가지고 있어야 하는데, 당신도 알다시피 현재 중원에 그 정도의 실력자는 많지 않아. 아무리 생각해 봐도 한 손에 꼽힐 정도지. 그리고 그중에 몇 명을 제외하면 같은 소속이지."

"……."

이어지는 이춘상의 말에도 장년인은 아무런 반응을 보이지 않았다.

그러나 그 모습에 이춘상은 오히려 웃었다.

"공공문. 난 공공문이 떠오르더라고."

"확실히 공공문이라면 유명하지. 최근에는 활동이 뜸했지만."

"하지만 모두가 알고 있죠. 잠시 숨어 있는 것뿐이라는 걸."

명덕이 고개를 주억거렸다.

공공문은 그 역시 들어 봐서였다.

아니, 중원에서 활동하는 무림인이라면 적어도 열에 여섯은 알고 있었다.

그중에 공공문에 이를 가는 곳이 수두룩했고.

"시작할까요?"

묵언수행을 하듯 아무런 말도 하지 않는 장년인의 모습에 조용히 지켜보고만 있던 무항이 입을 열었다.

굳이 명덕이나 유하성이 손을 더럽힐 이유는 없다고 생각해서였다.

이춘상은 유하성의 친구이고, 많은 도움을 주었다고 하나 엄연히 외인이었기에 이런 일을 부탁하는 건 말이 안 되었다.

"무당이 청정도문이라고 해서 고문을 하지 않을 거라고 생각하면, 오산이다. 명분이 없다면 모를까 본 파의 장문인 집무실을 노렸고, 현장에서 잡혔지. 그런데도 우리가 좋게 말로만 할 거라고 생각한다면 틀렸다고 말해 주고 싶군."

명덕은 딱히 기세를 일으키지 않았다.

하지만 그럼에도 이상하게 방 안이 서늘해진 듯한 느낌이
들었다.

살기를 일으키지 않았음에도 명덕에게서 흘러나오는 기도
가 그만큼 싸늘해서였다.

"……."

그러나 명덕의 그 말에도 장년인은 아무런 말을 하지 않았
다.

심지어 눈도 뜨지 않았다.

분명 모든 걸 다 듣고 있었음에도 장년인은 석상처럼 지금
의 자세를 고수했다.

"지하뇌옥으로 데려가겠습니다. 그동안 죄인이 없어 관리
가 안 되어 있을 테지만, 저는 오히려 그래서 다행이라고 생
각합니다."

"그곳이 적당하기는 하지."

청정도문이라고 해서 뇌옥이 없지는 않았다.

당장 소림사만 하더라도 뇌옥이 있었다.

의외로 갇혀 있는 이들이 꽤 많았고 말이다.

"잠시만요."

그런데 그때 이춘상이 입을 열었다.

조심스럽게 두 사람을 번갈아 쳐다봤던 것이다.

"음?"

"왜 그러는가?"

무항과 명덕은 물론이고 유하성의 시선도 이춘상에게로
향했다.

그러자 이춘상이 의미심장한 미소를 지었다.

"갑자기 좋은 생각이 떠올라서요."

"좋은 생각?"

"응. 한 번쯤은 시도해 봐도 좋을 것 같아서."

유하성을 보며 이춘상이 씨익 웃었다.

그러더니 창밖으로 시선을 옮겼다.

정확하게는 새벽안개를 가르며 천천히 연구동으로 다가오
는 흑풍을 말이다.

"흑풍은 왜?"

"제일 무서운 고문이 뭔 줄 알아?"

"글쎄."

유하성은 어깨를 으쓱거렸다.

고문 쪽으로는 아는 게 없어서였다.

물론 해 본 적은 있었지만 말이다.

그리고 이춘상의 말에 명덕과 무항이 관심을 보였다.

"말이 안 통하는 거야."

"그게 무슨 말이야?"

"소통이 안 되는 거지. 내가 알기로 그것만큼 무서운 게
없어. 소통이 되면 고문이 언제 끝날지 알 수 있지만, 소통이
안 되면 어떨까?"

"아마도 엄청 답답하겠지?"

고개를 갸웃거리며 유하성이 대답했다.

당해 보지 않아서 확신할 수는 없지만 왠지 그럴 것 같았다.

한데 두 사람의 대화에 장년인의 눈꺼풀이 움찔거렸다.

그걸 본 사람은 없었지만 말이다.

"나도 그렇게 생각해. 그래서 시도해 볼 가치가 있다고 생각하는 거고. 게다가 우리에게는 흑풍이 있잖아? 정확하게는 너에게."

"흑풍?"

"응. 한번 해 볼래?"

이춘상의 시선이 유하성을 지나 무항과 명덕에게로 향했다.

장년인을 잡은 건 두 사람이지만 아무래도 무당파의 일이다 보니 마음대로 할 수 없었다.

그래서 이춘상은 허락을 구했다.

"상관없지 않을까요? 지금 하나, 조금 늦게 하나 별 차이는 없을 테니까요. 다른 사람도 아니고 이 소협이 저렇게 말하는데. 더욱이 유 사제와 함께 이놈을 잡아 오지 않았습니까."

무항이 호쾌하게 입을 열었다.

딱히 고민할 문제가 아니라고 생각해서였다.

무당
패왕
武當霸王

어쩌면 쉽게 일이 풀릴 수도 있었고 말이다.

시간이 촉박하다면 모를까 그렇지도 않았다.

"그렇지. 다행히 훔쳐 간 것도 없고. 다친 사람도 없으니, 생각한 걸 해 보게나."

"감사합니다, 명덕 진인."

"감사할 것까지야."

명덕이 피식 웃었다.

감사하단 말을 들을 정도라고는 생각하지 않아서였다.

"어떤 계획이야?"

"너와 흑풍이 필요한 계획이라고나 할까. 거기에 멍석과 밧줄이 필요해. 둘 다 아주 튼튼한 걸로. 다치는 건 상관없지만, 죽으면 안 되니까."

유하성의 얼굴에 의문이 떠올랐다.

들으면 들을수록 무슨 생각을 하는지 알 수가 없어서였다.

그러나 의문이 가득한 유하성과 명덕, 무항과 달리 이춘상은 히죽 웃고 있었다.

오늘도 어김없이 아침 수련을 위해 연무장에 하나둘 모인 제자들이 모두 한곳을 쳐다봤다.

얇은 상하의만 입은 장년인을 이춘상이 데리고 오자 다들 궁금한 표정으로 힐끔거렸던 것이다.

게다가 이춘상의 뒤로는 유하성과 명덕, 무항이 나란히 걸어오고 있었다.

푸힝힝힝!

물론 흑풍은 새로운 사람이 있거나 말거나 전혀 신경 쓰지 않았다.

흑풍에게는 유하성이 있나 없나가 중요했지 다른 사람에게는 일절 관심이 없었다.

"오구오구. 우리 흑풍이."

푸르륵.

유하성을 보고 바람같이 달려오던 흑풍이 주춤거렸다.

자신을 쳐다보는 이춘상의 눈빛이 너무나 께름칙해서였다.

"애가 겁먹었잖아."

"이자 때문에 그런 거 아냐? 흑풍이 녀석 생긴 것답지 않게 낯가리잖아."

"정확히 네 눈빛 때문이야. 나는 봤어."

"저도 봤어요!"

유하성의 말에 이어 백현승이 맞장구를 쳤다.

그리고 곽두일과 원상, 원호, 원경도 고개를 주억거렸다.

세 사람도 똑똑히 봤다.

이춘상의 느물거리는 말과 부담스러운 눈빛에 흑풍이 뒷

걸음질 친 걸 말이다.

"어허! 말이 되는 소리를 해야지. 저 도도하고 까칠한 녀석이 날 보고 왜 겁을 먹어?"

"그럴 수도 있지. 누가 봐도 낌새가 이상하잖아."

유하성이 피식 웃었다.

한 손에는 결박되어 있는 장년인을 짐짝처럼 들고 있었고, 반대쪽 손에는 따로 준비한 멍석이 있었다.

그것도 상당히 두꺼운 녀석으로 말이다.

"에이. 내가 설마 흑풍이에게 안 좋은 일을 시킬까 봐. 너 다음으로 흑풍과 오래 알고 지낸 게 나인데."

푸르르릉.

이춘상이 애정 가득한 눈빛을 보냈으나 흑풍은 머리를 흔들었다.

그러고는 슬쩍 유하성에게 다가갔다.

부담스럽다 못해 싫다는 티를 팍팍 냈던 것이다.

"근데 이 사람은 누구예요?"

"장문사형의 집무실을 노린 도둑."

"예에?!"

백현승은 물론이고 나머지 네 명도 화들짝 놀랐다.

상상도 못 한 일에 경악한 것이었다.

특히 원호와 원상, 원경의 반응이 격렬했다.

무당파의 진산제자로서 크게 분노한 것이었다.

"그리고 번천회의 십천 중 한 곳의 소속이지 않을까 의심하고 있어."

"심문 중이군요."

"맞아."

원상의 눈빛이 무거워졌다.

어째서 저런 몰골인지 이해가 되어서였다.

동시에 그는 의문이 들었다.

뇌옥이나 석실이 아닌 연무장으로 도둑을 데려온 게 이해가 되지 않아서였다.

"무얼 하시려는 겁니까?"

"색다르게 심문을 좀 해 보려고."

"멍석과 밧줄로요?"

"응. 거기에 저 녀석도 필요해."

이춘상의 말에 원상이 고개를 갸웃거렸다.

어떤 속셈인지 도무지 짐작이 가지 않아서였다.

그리고 그건 유하성의 옆에 바짝 붙어 있던 흑풍 역시 마찬가지였다.

다시 한번 자신을 쳐다보는 부담스러운 눈빛에 흑풍이 거칠게 투레질을 했다.

"대체 뭘 하려고?"

"말했잖아. 제일 무서운 게 소통이 되지 않는 거라고."

"으읍!"

武當霸王
무당
패왕

속을 알 수 없는 묘한 미소와 함께 이춘상의 손이 번개같이 움직였다.

손에 쥐고 있던 밧줄로 입을 돌돌 감았다.

아혈을 짚어도 되지만 이춘상은 그러지 않았다.

"살아 있는지는 확인해야 하니까. 소통은 하지 않더라도 말이지."

"읍읍!"

거칠게 주둥이를 감아 버리는 두꺼운 밧줄에 장년인이 기겁하며 소리쳤다.

하지만 마혈을 점혈당했기에 그가 할 수 있는 거라고는 눈을 부릅뜨고 괴성을 지르는 것밖에는 없었다.

"그러니까 협조 잘해 주었으면 좋았잖아. 그럼 나도 이렇게까지 안 해도 되고, 너도 몸이 편하고. 이런 말 알지? 머리가 나쁘면 몸이 고생이라고. 지금도 그와 같아."

휘이익!

밧줄로 주둥이를 막은 이춘상은 곧바로 멍석을 활짝 펼쳤다.

그러고는 그 위에 장년인을 올리고 돌돌 말았다.

마지막으로 밧줄로 단단히 묶은 후 유하성을 바라보며 히죽 웃었다.

"하나 연상되는 게 있는데."

"네가 생각하는 게 맞을 거야. 흑풍을 안 탄 지도 꽤 됐잖아? 말 타는 것도 감이 중요해. 감을 잊지 않게 주기적으로 말을 타야 한다는 말이지. 흑풍도 마찬가지고. 사람 태우는 걸 잊어 먹었을 수도 있잖아?"

푸르르릉!

흑풍이 앞다리를 들어 올리며 투레질을 했다.

하지만 싫어하는 기색은 아니었다.

오히려 반기는 기색이었다.

안 그래도 유하성과 함께 달린 지 오래되었기에 흑풍은 눈을 반짝였다.

"흑풍이도 반기는 거 같은데?"

"그러니까, 그 밧줄을 잡고 흑풍을 타란 말이지?"

"응. 산책 삼아 한 바퀴 돌고 와. 내가 특별히 두꺼운 멍석을 준비해서 죽지는 않을 거야. 만져 보니 몸도 탄탄하더라고. 허벅지랑 엉덩이도 아주 실해. 죽을 걱정은 안 해도 될 거야. 나름 안전장치도 해 놓았고."

"읍읍! 으으읍!"

천진난만한 이춘상과 달리 장년인은 비명을 질렀다.

멍석으로 인해 눈에 보이는 건 어둠뿐이었지만 두 귀는 멀쩡했다.

그렇기에 상황이 어떻게 흘러가는지 파악하는 건 가능했다.

"하긴. 턱걸이긴 해도 나름 절정고수인데 이 정도에 죽지는 않겠지."

"죽을 만큼 고통스럽기는 할 거야. 특히 보이지 않는 공포가 무시무시할걸."

이춘상이 사악하기 그지없는 얼굴로 씨익 웃었다.

그러나 말리는 이는 없었다.

살짝 질린 표정을 짓기는 해도 무당파 장문인의 집무실을 노린 도둑이었다.

당장 목을 치지 않은 것만으로도 장년인은 감지덕지해야 했다.

"그럼 시작해 볼까?"

푸르릉! 푸히히힝!

흑풍이 신난 듯 투레질을 했다.

정말 오랜만에 함께 달리는 것이었기에 흑풍은 똘망똘망한 눈으로 유하성을 바라보고는 몸을 낮췄다.

유하성이 타기 편하게 무릎을 꿇듯이 엎드렸던 것이다.

그 모습에 유하성이 실소를 흘렸다.

"녀석."

"엄청 좋아하네. 이거 너무 차별하는 거 아냐."

"근데 제 말이 저러면 전 정말 기쁠 것 같아요."

"흠흠! 저도 그럴 것 같습니다."

질투가 가득 담긴 이춘상과 달리 백현승과 곽두일은 두 눈을 반짝였다.

그리고 그건 원호, 원상, 원경도 마찬가지였다.

"주인과 주인 친구는 엄연히 다르잖아요."

"꼭 그걸 말해야만 했냐?"

"부러운 건 사실이잖아요. 안 그래요?"

"흥!"

이춘상의 콧방귀에도 백현승은 히죽 웃었다.

말은 저렇게 해도 흑풍이 애교를 부리면 단숨에 녹아내릴 게 분명했다.

다만 문제는 그럴 일이 절대 없을 거라는 점이었지만.

"달려 볼까?"

푸히히힝!

유하성이 올라타자 흑풍이 벌떡 일어났다.

동시에 장년인을 두껍게 감싸고 있는 멍석이 출렁였다.

멍석과 연결된 밧줄을 유하성이 잡고 있었기에 흑풍이 움직일 때마다 장년인 역시 같이 움직일 수밖에 없었다.

그런데 문제는 그의 의지와는 전혀 상관없이 움직여야 한다는 점이었다.

"너무 부담 갖지 마. 되면 좋고, 아님 말고의 마음가짐으로. 그냥 흑풍이랑 오랜만에 오붓하게 바람 좀 쐰다고 생각해."

"안 그래도 그렇게 생각하고 있다."

"죽지만 않으면 돼. 무슨 말인지 알지?"

"알지. 그럼 이따가 보자고."

"좋은 시간 보내고 와라."

두두두두!

이춘상의 말이 채 끝나기도 전에 흑풍이 달렸다.

꼬리에 불붙은 망아지처럼 미친 듯이 질주했던 것이다.

"으으읍! 읍읍!"

그와 동시에 처절한 비명 소리가 울려 퍼졌다.

흑풍이 속도를 올릴수록 장년인으로서는 이리저리 부딪칠 수밖에 없어서였다.

무당파의 제자들이 나름 길을 평탄하게 만들었다고 하나 그래도 산길이고, 비탈길이었다.

곳곳에 바위들도 있고, 수목이 우거져 있었기에 고통은 이루 말할 수가 없을 터였다.

"극한의 공포를 느끼겠네요."

"염라대왕이 보일걸?"

"어후."

차라리 보인다면 어느 정도 마음의 준비라도 할 텐데 이춘상은 악랄하게도 얼굴을 가렸다.

재갈을 두껍게 물렸기에 어느 정도의 틈은 있겠지만 밖을 살필 정도는 절대 아니었다.

딱 호흡하는 데 지장이 없을 정도였기에 장년인이 느끼는 공포는 어마어마할 터였다.

"그래서 불쌍해?"

"전혀요. 자업자득이죠. 오히려 단칼에 죽이지 않은 게 어디예요."

몸을 부르르 떨던 백현승이 단호하게 말했다.

악랄한 방법이라고 생각하긴 했으나 그렇다고 장년인이 불쌍하다고 생각하지는 않았다.

무릇 모든 행동에는 책임이 따르는 법이었다.

"내 말이. 그나저나 저게 효과가 있으면 우리도 나중에 써먹어 봐야겠어."

"개방에 말이 있어요?"

"빌리면 되지. 그 정도 역량은 있어."

"하긴."

말이 필요하다고 해서 꼭 키울 필요는 없었기에 백현승은 고개를 주억거리며 어느새 점이 되어 버린 유하성을 쳐다봤다.

순식간에 달려가서 그런지 이제는 흑풍과 장년인을 육안으로는 구분할 수가 없었다.

"자자, 하성이가 한 바퀴 돌고 올 동안 우리는 수련을 하자고!"

"네!"

"잠을 좀 자야 하지 않겠나?"

손뼉을 치며 말하는 이춘상을 향해 명덕이 말했다.

무당
패왕

유하성도 그렇지만 이춘상 역시 밤을 새운 것이나 마찬가지여서였다.

"에이, 하루 안 잔다고 죽지 않습니다. 정신력을 단련한다고 생각하면 됩니다. 하성이도 안 자고 있는데요."

"허허허."

유하성이 할 수 있으면 자신도 할 수 있다는 듯이 말하는 이춘상의 모습에 명덕은 웃음이 흘러나왔다.

그러나 비웃는 건 절대 아니었다.

오히려 그는 고마웠다.

무당파의 일임에도 이렇게 나서 주는 게 말이다.

"십천에 대해 궁금한 건 저희도 마찬가지기도 하고요. 무당파를 위한 일이면서도, 더불어 중원수호맹을 위한 일이기도 하니까요."

"고맙네."

"아직 알아낸 것도 없는데요."

"그렇다고 해서 고맙지 않은 건 아니지 않나."

명덕이 빙그레 웃었다.

나이를 먹으면서 느낀 게 표현은 하면 할수록 좋았다.

상대방도 당연히 알 거라는 생각은 착각이었다.

그렇기에 명덕은 진심을 담아 말했다.

"듣고 보니 그러네요."

"도움이 필요한 게 있다면 언제라도 말하게. 내 도울 수 있는 건 도와주겠네."

"알겠습니다. 기억해 두겠습니다. 흐흐흐!"

넉살 좋게 웃는 이춘상의 모습에 명덕도 마주 웃었다.

유하성과 함께 하는 오랜만의 질주에 흑풍이 개운하다는
듯이 머리를 흔들었다.

그뿐만 아니라 입을 벌렁거렸다.

기분이 아주 좋다는 걸 표정으로 보여 주었던 것이다.

"으으……."

반면에 멍석에 휩싸여 있는 장년인은 끙끙 앓는 소리를 냈
다.

금방이라도 끊어질 것 같은 신음 소리를 냈던 것이다.

하지만 흑풍의 등에 타고 있는 유하성은 알았다.

지금 당장 죽을 정도는 아니라는 것을 말이다.

"여어."

"이 정도면 충분할 것 같은데."

"죽지만 않으면 되지."

"근데 효과가 있을지 모르겠네."

흑풍에게서 내리며 유하성이 한 손에 붙잡고 있던 밧줄을
건넸다.

武當霸王
무당
패왕

바로 멍석과 연결된 밧줄이었다.

"없으면 원래 하던 대로 하면 되는 거고. 지금 실토하면 아주 좋은 거고."

"일단 뇌옥으로 가자. 굳이 다른 사람들에게 보여 줄 필요는 없으니."

"나를 따라오게."

이춘상과 함께 기다리고 있던 무항이 입을 열었다.

그러고는 앞장서서 성큼성큼 걸어갔다.

쿠웅!

빛 한 점 없는 어두컴컴한 뇌옥에 이춘상이 들고 온 장년인을 대충 던졌다.

그러자 멍석 안에서 억눌린 신음 소리가 흘러나왔다.

단순히 던진 것뿐인데도 축적된 고통이 상당하다 보니 별거 아닌 충격에도 신음하는 것이었다.

"지금부터는 내가 맡겠네."

"알겠습니다."

뒤따라 들어온 무항의 말에 유하성은 뒤로 물러나서는 벽에 횃불을 걸었다.

그러자 은은한 불빛이 뇌옥을 가득 채웠다.

스르륵. 스륵.

무거운 침묵이 내려앉은 뇌옥에서 유일하게 무항만 움직였다.

아무렇게나 내팽개쳐진 장년인에게 다가가 밧줄을 풀었던 것이다.

흙이 잔뜩 묻은 밧줄을 풀고 멍석을 벗기자 온몸이 멍투성이인 장년인의 모습이 드러났다.

특히 얼굴이 심하게 부어 있었는데 신기한 건 부러진 곳이 없다는 점이었다.

투둑.

장년인을 일으켜 세워서 벽에 기대어 앉힌 후 무항은 재갈을 풀어 주었다.

그러나 입이 자유로워졌음에도 장년인은 말이 없었다.

"어때? 이제는 소통을 할 생각이 생겼나?"

"……물 좀 주시오."

"이제야 입을 여는군."

무항이 건조한 미소를 지었다.

아예 효과가 없지는 않은 것 같아서였다.

하지만 그렇다고 해서 물을 주지는 않았다.

이런 때일수록 명확하게 위치를 각인시켜 줄 필요가 있었다.

"……원하는 게 무엇이오?"

"잘 알 텐데? 네 소속."

"그건 대답해 줄 수 없소."

메마른 목소리로 장년인이 대답했다.

사문을 말하는 순간 무당파의 보복이 있을 게 당연하기에 장년인은 죽더라도 함구할 생각이었다.

"공공문 아닌가?"

"중원에 양상군자가 다 공공문 소속은 아니오."

"그러나 너 정도의 실력자는 드물지. 보통 배짱으로는 저지를 수 없는 짓이니까."

"원하는 대답이 내가 공공문도라는 것이오?"

장년인은 도리어 물었다.

무항이 원하는 게 이것이냐는 듯이 말이다.

그리고 이건 달리 말하면 무슨 말을 해도 공공문으로 몰아갈 게 아니냐고 따지는 것이기도 했다.

"도둑에게도 사문에 대한 애정은 있나 봐? 어떻게든 나의 추측을 흔들려고 하는 걸 보면."

"무슨 말을 해도 믿지 않을 것 같소만."

"그건 내가 판단해. 네가 할 건 딱 하나야. 내 말에 순순히 대답하면 된다."

"……."

지극히 강압적인 말이었으나 장년인에게 선택지는 없었다.

붙잡힌 순간부터 그는 철저히 을의 신분이었다.

때문에 장년인은 두 눈을 감았다.

"공공문에 대한 건 충분히 알았으니 다른 걸 묻겠다."

"난 분명히 아니라고 했소이다."

"됐고. 드러나지 않은 십천 중 다섯 곳에 대해 말해라."

"모르오. 번천회 소속도 아니고."

"근데 무당파의 절대무공을 노렸다고?"

무항이 기가 차다는 표정을 지었다.

앞뒤가 전혀 맞지 않아서였다.

말 그대로 말도 안 되는 헛소리에 무항의 눈빛이 싸늘해졌다.

"기회라고 생각했을 뿐이오. 인생역전의 기회."

"번천회가 시킨 건 아니고? 아니면 사문을 위해서거나."

"떠보지 마시오. 쓸데없는 심력 낭비일 뿐이니."

장년인이 짐짓 신경 써 준다는 듯이 말했다.

하지만 그 말에 무항은 코웃음을 쳤다.

"이것도 모른다, 저것도 모른다. 너무 비협조적인데? 고분고분한 척을 한 건가? 아니면 내가 너무 관대하게 대해 준 건가?"

꾸우욱!

무항의 발이 장년인의 정강이를 밟았다.

체중을 실어 뼈에 금이 가기 직전까지 지르밟자 장년인이 이를 악물었다.

"으윽!"

쉽게 죽이진 않겠다는 듯이 짓밟는 무항의 행동에 장년인이 신음을 흘렸다.

골절된 부분은 없지만 흑풍에게 사정없이 끌려 다니며 온몸이 만신창이가 된 상태였다.

그렇기에 고통이 더욱 클 수밖에 없었다.

"아직 준비가 덜 된 거 같은데, 한 바퀴 더 돌리는 거 어때? 꼭 흑풍이 아니더라도 말은 무당파에도 있잖아?"

"제법 있지. 소도 있고. 속도는 말보다 느리지만 지구력은 소가 월등하니까."

"오체분시를 해도 되고."

부르르르!

지독하다 못해 악랄한 이춘상과 유하성의 대화에 장년인의 몸이 떨렸다.

반사적으로 고통의 시간이 떠올랐던 것이다.

번천회보다는 사문을 위해 입을 다물고 있었지만 고통을 당하기 싫은 건 누구나 마찬가지였다.

게다가 살아 돌아갈 수 없다는 걸 알기에 중년인이 바라는 건 딱 하나, 고통 없이 죽는 것이었다.

"소통을 하기 싫다면, 그렇게 만들어 주는 게 도리겠지."

"자, 잠깐만!"

"말해 봐. 근데 이번이 마지막 기회야. 또 쓸모없는 말을 지껄인다면 다시 무당산을 온몸으로 느끼게 될 거야."

"폭정단을 만든 곳을 말해 주겠소. 대신, 고통 없이 보내

주시오."

"말했을 텐데. 넌 나와 거래를 할 자격이 없어. 네가 할 수 있는 건 알고 있는 걸 모두 다 토해 내든지, 고통 속에서 허우적거리며 근근이 살아가는 것밖에 없다."

거래를 하려는 듯이 말하는 장년인을 향해 무항이 살기를 번뜩였다.

그에게 있어 장년인은 같은 사람이나 무인이 아니었다.

무당파의 보물을 노린 벌레였기에 무항은 살기를 숨기지 않았다.

"나도, 많은 걸 알고 있지는 않소이다……."

"일단 다 말해. 우리가 알고 싶어 하는 것들로."

"얼마 전, 권패와 옥만개를 습격한 두 명에 대해서 말해 주겠소."

생각지도 못한 말에 유하성은 물론이고 이춘상의 눈도 번뜩였다.

특히 이춘상의 반응이 가장 격렬했다.

개방도들을 움직여 샅샅이 추적했음에도 불구하고 결국 아무것도 알아내지 못한 게 바로 그 두 명이었다.

그런데 그들에 대해 장년인이 알고 있다는 듯이 말하자 이춘상이 귀를 기울였다.

"두 명은 귀단문(鬼丹門)은 소속이외다. 처음에는 우화등선을 위한 영단을 만들기 위해 연단가들이 모여 만든 문파였으나 지금은 보다시피 변질되었소. 영단보다는 힘을 추구하는 문파가 되었지. 하지만 뿌리가 연단가들인 만큼 수백 년 동안 쌓인 기술로 폭정단과 폭혈단을 만들어 냈소이다."

"폭혈단이 혹시 일반 양민들에게 준 환약인가? 먹는 순간 일정 시간 후에 선천진기를 폭발시키는?"

"그렇소."

장년인이 순순히 대답했다.

귀단문에 대해서 말한 순간 이 정도까지는 괜찮다고 생각해서였다.

그리고 언젠가는 밝혀질 일이기도 했다.

이름만 모를 뿐 쓰임새에 대해서는 구파일방과 오대세가는 다 알고 있을 터였다.

다음 권으로 이어집니다

꿈의 도약, 로크에서 하십시오
(주)로크미디어에서 신인 작가를 모십니다

즐거운 세상, 로크미디어는 꿈을 사랑하고 도전을 두려워하지 않는 작가 분들의 참신한 작품을 기다리고 있습니다. 21세기 장르 문학계를 이끌어 갈 차세대 선두 주자 (주)로크미디어에서 여러분의 나래를 활짝 펴 보시길 바랍니다.

모집 분야 판타지와 무협을 포함한 장르 문학
모집 대상 아마추어 작가, 인터넷 작가
모집 기한 수시 모집
　　작품 접수 시 유의 사항
　　　1. 파일명은 작가명_작품명.hwp형식을 갖춰 주십시오.
　　　1. 파일에 들어갈 내용은 다음과 같습니다.
　　　　 ─ 성명(필명인 경우 실명을 밝혀 주세요), 연락처, 이메일 주소
　　　　 ─ 제목, 기획 의도
　　　　 ─ A4용지 1장 분량의 등장인물 소개
　　　　 ─ A4용지 2장 분량의 전체 줄거리
　　　　 ─ 본문
　　　1. 작품이 인터넷에 연재되고 있다면, 게시판명과 사이트의 구체적이고
　　　　 정확한 주소를 기재해 주십시오.

선택된 작품은 정식 계약 후 출판물로 간행되어 전국 서점에 유통됩니다.
작가 분은 (주)로크미디어의 전폭적인 지원하에 전속 작가로 활동하시게 됩니다.
※ 자세한 내용은 로크미디어 홈페이지(rokmedia.com)를 참조하세요.

(04167)서울시 마포구 마포대로 45 일진빌딩 6층
(주)로크미디어 편집부 신간 기획 담당자 앞
전화 : 02) 3273 - 5135
www.rokmedia.com　이메일 : rokmedia@empas.com